德语上海小说翻译与研究系列　张帆 / 主编

安娜·西格斯中国作品集

[德] 安娜·西格斯（Anna Seghers）/ 著

张帆 等 / 译

世界知识出版社

Anna Seghers: A selection of China related Texts
Copyright © Aufbau Verlag GmbH & Co. KG, Berlin 1997 and 2009
Translation Copyright © 2020 by World Affairs Press Co., Ltd.
ALL RIGHTS RESERVED

图书在版编目（CIP）数据

安娜·西格斯中国作品集/（德）安娜·西格斯著；张帆等译.—北京：世界知识出版社，2020.12
（德语上海小说翻译与研究系列/张帆）
ISBN 978–7–5012–6350–9

Ⅰ.①安… Ⅱ.①安…②张… Ⅲ.①文学—作品综合集—德国—现代 Ⅳ.①I516.15

中国版本图书馆CIP数据核字（2021）第005118号

图字：01-2020-2834号

书　　名	安娜·西格斯中国作品集 Anna Xigesi Zhongguo Zuopinji
作　　者	［德］安娜·西格斯（Anna Seghers）/著
译　　者	张帆 等/译
策划编辑	贾如梅
责任编辑	李　锋
责任出版	赵　玥
出版发行	世界知识出版社
地址邮编	北京市东城区干面胡同51号（100010）
网　　址	www.ishizhi.cn
电　　话	010-65265923（发行）　010-85119023（邮购）
经　　销	新华书店
印　　刷	北京旺都印务有限公司
开本印张	880毫米×1230毫米　1/32　6印张
字　　数	130千字
版次印次	2021年3月第一版　2021年3月第一次印刷
标准书号	ISBN 978–7–5012–6350–9
定　　价	38.00元

版权所有　侵权必究

（教育部备案）
上海外国语大学中德人文交流研究中心
系列成果

总　序

张　帆

　　大概是五年前，我参加了一场上海市政府决策咨询专家会，会议谈论的焦点多是经济发展、城市建设、社会管理、科技金融、文化产业等对接国家战略的应用性话题，文学俨然是这场学术盛宴中不合时宜的"零余者"。时代发展，对学者提出了更高的要求，一场"书斋里的革命"看似已是必然。可是，对于我这样一个多年从事德语语言文学工作的教书匠来说，学术转型，谈何容易。知识、思维、学养已然定型，离开文学本行的学术越界，无异于飞蛾扑火。思来想去，选定了一个较为折中的方向，姑且一试——围绕上海文化，立足文学阵地，利用德语优势，研究城市形象。

　　依照我的粗疏理解，文学形象学研究，尤其是跨文化的比较文学形象学研究，可以拓展文学研究的内涵，即从审美的途径延展到文化学、社会学、人类学、传播学、政治学等诸多领域。研究德语文学中的上海形象——乌托邦之美、恶托邦之罪、异托邦之实的书写，辨识小说中的"语词上海"与历史现实中的上海之间的叙述裂隙，揭示上海自开埠以来德国作家对上海的想象、夸饰、曲解和征用，进而分析德国文化之于上海

形象、海派文化乃至中国观念的建构和演变历程；同时，反观以上海形象为表征的海派文化在何种向度上因德语文学的传播，参与和影响了近现代德国现代性的构想和进程。就目前"上海学"研究而言，这是一个颇有挑战性的新话题。这一越界研究自然有其他学科无法比拟的优势，文学作为一个城市无可争议的精神地标，对于文化形态及其包含的文化关系的把握，其价值绝不在史学资料铺陈和社会田野调查之下，相反，其通过更有意蕴的审美感受，言有尽而意无穷的想象空间，在一定程度上展示出更为宏阔的价值和意义。

开埠后的上海作为东西方文化、传统与现代文明交汇之地，成为西方人对中国想象最典型的具象符号。毫不夸张地说，有"万国博览会"之称的老上海以一城之力投射全球风貌，是当时世界文学和电影的最佳取景之地。"上海主题"，或者更确切地说，"上海传奇"，作为叙事母题曾风靡欧美。正如王德威在《想象中国的方法》中所言：小说之类的叙事文体，"往往是我们想象、叙述'中国'的开端"。① 而"上海，连同它在近百年来成长发展的格局，一直是现代中国的缩影"，是其他任何城市难以匹敌的，它"提供了那用以说明现代中国已经发生和即将发生的新事物的钥匙"。② 因而，"上海"已不仅仅是一个单纯的地理名词、故事的背景，而是一个承载着丰富内涵的文化符号，构成故事的核心要素，拥有独立的叙述功

---

① 王德威：《想象中国的方法》，百花文艺出版社，2016年，第5页。
② 罗兹·墨菲：《上海——现代中国的钥匙》，上海人民出版社，1986年，第4—5页。

能,并"为它的书写者提供着语言、经验和叙述"。[①]就此而言,"上海小说"充当了西方想象中国的重要媒介,作家们勾勒出一个个他们心目中的上海乃至"中国"形象。借用法国当代形象学家达尼埃尔-亨利·巴柔的说法:形象是一种象征性的语言,一种承载着特殊文化意义的符号。[②]

事实上,在中国现代性的进程中,大上海云谲波诡、风起云涌,改良在上海,革命在上海,运动在上海,战争在上海,改革在上海,发展在上海,奇迹在上海……中西方知识分子云集在天堂和地狱的交汇处、天使和恶魔的混居地,思想文化交互激荡,多语种"上海文学"应运而生,展示了"文学上海"的世界性:眼花缭乱的异域风情,荡气回肠的爱情体验,命悬一线的历险,光怪陆离的奇遇……那些浮动在叙事与人物之间难以言喻的风光与情调,成就了一个都市的传奇,更近于呈现老上海的原汁原貌,是任何怀旧照片和资料都难以还原的。多语种"上海传奇"的广泛传播,宣传和强化了人们对上海的固有印象——魔都、东方夜巴黎、冒险家乐园、十里洋场、地狱上的天堂……在西方主导的话语格局中,老上海被固化为愚昧落后的"被启蒙者"。正如巴柔所言:"形象的一种特殊而又大量存在的形式"就是"套话",而"套话"使得形象这一原本多义的文化符号逐渐演变为只表述单一文化意义的"信号",从而建立起自我区别于"他者"的有效机制,并将在"二分法"

---

① 高秀芹:《都市的迁徙——张爱玲与王安忆小说中的都市时空比较》,载《北京大学学报》2003年第1期。

② 达尼埃尔-亨利·巴柔:《形象》,载孟华主编:《比较文学形象学》,北京大学出版社,2001年,第157—159页。

的对立或对照关系之中发挥作用。①

显然,"多语种上海小说"建构起的近乎"套话"的价值评判使上海形象屈从于"他塑"的尴尬境地。作为社会集体的想象物,套话"高度浓缩地表达了一个民族对异民族的认识和感受",且"一旦形成就会融入本民族的集体无意识深处,潜移默化地影响着本族人对异国异族的看法"。②作为租界地的"宗主国",英、法、日为母语创作的"租界小说"形塑了对上海的刻板性偏见。在已经大量译介的英日"上海小说"或"上海叙事"作品中,各种陋习,举凡烟、赌、娼、淫戏、淫书、无耻、下流、邪恶、坑、蒙、拐、骗、买官卖官、流氓、拆白党、白相人,无一不涉及,而所谓崇洋、奢靡、浅薄,也几乎无处不在,不可避免地有丑化上海形象之嫌。

当然,对于文学图景中这种流行的"上海印象",德语作家自然也是不遗余力的,现代德语中甚至衍生出了"Shanghai-Roman"——"德语上海小说"这样的专有名词,足见上海题材在德语文学界的兴盛。然而,德国在上海缺乏专有的租借地,加之一战失败的创伤记忆,以及上海作为犹太人流亡的避难之所、西德左翼运动的"乌托邦飞地"、东德意识形态阵营的伙伴等诸多原因,使得德国作家所构建的上海形象,在承继西方传统观念和套话的基础之上,又生发出新的主题、视角与手法,较之英美文学、日本文学等更具客观真实性、情感认同

---

① 达尼埃尔-亨利·巴柔:《形象》,载孟华主编:《比较文学形象学》,北京大学出版社,2001年,第158—160页。
② 姜智芹:《欲望化他者:西方文学中的中国形象》,载《国外文学》2004年第1期。

性、审美复杂性、文化多元性，呈现出多彩斑驳的"上海形象"，并将海派文化这一"中国现代性"的理念和形态呈献给德国民众。形形色色的"文本上海"在对传统东方想象的解构与戏拟之中，在现代主义或后现代主义的叙事之中构建新的中国知识与想象，赋予现代德国文学对东方名城——上海的独特想象、文化记忆和历史镜像，在总体趋向性中形成了观照上海历史文化与现代性的"德意志视角"。

近年来，我已搜集"德语上海小说"百部/篇，但迄今为止，国内几乎未有译介；概因此类作品大多取材凡俗市井生活而被归为通俗文学，而难入"经典文学"之列，导致少有学者问津。但事实上，通俗文学作为一种模式化的"类叙事"，更能集中展示和承载海派文化的物象化表征，对研究德语文学如何在内容和理念上构建上海城市形象，并受到海派文化的反向传播与影响，是绝佳的素材。

三年前，我和我指导的学术团队开始着手翻译和研究这些精彩的德语上海小说，先期出版"德语上海小说翻译与研究系列"15部，以飨中国读者。该系列德语上海小说经过精心挑选，故事性和可读性强，主要涉及侦探、言情、商战、革命、抗战等题材，以跌宕起伏的好莱坞电影式情节引领了当时德国民众的阅读热潮，如今也将以其异域情调的叙事风格、独特的叙事视角以及丝丝入扣的情节吸引中国读者。它们一改德语文学思辨艰涩的风格，以简洁写实的笔调多维度、立体式呈现洋人、内地人、本帮人、犹太人之间的文化冲突、爱恨纠葛、家国情仇，生动还原了老上海的社会百态与人文风貌。

安娜·西格斯（Anna Seghers）是前民主德国作家协会主

席、享誉世界文坛的反法西斯作家。《安娜·西格斯中国作品集》辑录表现中国革命的小说、杂文、书信、演讲等,其中多篇作品以上海为叙事背景,在国内鲜有译介。如与中国女作家胡兰畦合写的《杨树浦的五一节》,讲述杨树浦的工人代表为庆祝"五一国际劳动节"策划罢工和示威游行的故事。《驾驶执照》以20世纪30年代初日寇入侵上海为背景,讲述一位被俘的中国司机与日本军官同归于尽的事迹。《计秒表》中,以泽克特将军为首的德国军事顾问为国民党出谋划策打内战,但冲锋号吹响后,士兵们却调转枪头,反戈相向,为正义和光明而战。

理查德·许尔森贝克(Richard Huelsenbeck)是德国达达主义主要创始人之一,小说《中国审判》是一部达达主义杰作,讲述了天真烂漫的德国少年埃米尔·布莱克尔曼和饱读诗书的维尔·施拉姆被投机商诓骗来到德国军火走私船"贝克尔市议会号"谋生,却遭到逮捕,审判释放后的两个人开始了在香港、上海等地颠沛流离的求生之路。他们所到之处,在华外国人的百态生活一一呈现:有的倾家荡产、有的成为替罪羊、有的投机发财、有的惨死战场、有的沦为流浪汉,怀揣发财梦的殖民者苟延残喘,前途堪忧……

弗里德里希·李希特内柯(Friedrich Lichtneker)的《台风登陆上海》以德国人的视角原汁原味摹写出20世纪20年代老上海的寡头政治、白人权力和工人革命的风貌。有人绝望地死去,有人一蹶不振,有人飞黄腾达,有人出卖爱情,有人丧失人格乃至国格,每个人的欲望、野心和爱情在一场革命飓风之后,该如何清算……

瓦尔特·佩尔西斯（Walter Persich）的《在上海做出决定》则讲述了一场德国人、中国人、日本人、俄罗斯人在上海、汉口、矿山小镇三地悄然展开的铁矿商战，官员、政客、商人纷纷卷入这场漩涡之中，争权夺利，国家博弈。与此同时，瘟疫的阴云笼罩在小镇上空。这一切是天灾还是人祸？德国商人普莱姆一行人能否带领小镇战胜瘟疫、让工厂重现生机？所有人的爱情和命运出路何在？中国，能否摆脱任人摆布的命运？决定，是否会在上海做出呢？

彼得·施特伦茨（Peter Strunz）的《上海要将我吞噬》背景是1940年前后的上海滩，那里暗流涌动，黑帮势力猖獗。小说标题向读者暗示，主人公的上海之旅暗藏着不安、危险和意外。为什么上海黑帮会绑架施特伦茨这个异乡人？遭遇袭击后的施特伦茨又经历了什么？朋友杜穆深这位神秘人物的真实身份是什么？在真相大白之后施特伦茨又会做出什么选择？小说情节紧凑，悬念迭生。"外滩""汇中饭店""黄包车""黑帮头目"这些打着时代烙印的符号在这位德国作家的笔下显得熟悉而陌生、真实又虚幻。

胡戈·科赫尔（Hugo Kocher）的《苦力、走私犯与强盗——一则来自中国的小说》讲述了年轻的德国神父帕特·赫尔穆特在上海布道、救赎穷人的经历。当时的上海风起云涌，各色人等三教九流，赫尔穆特周旋其间，竭尽所能，不辞辛劳，给远在大山中的传教分站运送补给品。此时，给予他帮助的商人魏路请求神父帮他捎带一些神秘的箱子。魏路究竟是敌是友？神父赫尔穆特在执行任务时会遇到哪些威胁？他在上海的传教之路最终又会走向何方？

弗里德·略夫（Friedel Loeff）的侦探小说《上海恶魔》讲述了一个迷雾重重的案件：英国伦敦的一家诊所内，一名染上怪病的年轻人不治身亡，由此牵涉出另外三起死亡症状极其类似的病例，死者生前均在中国居留些许时日。极具侦探天赋的外交官约翰·罗伊前往上海调查此案。四名死者在上海居留时均出没于一名中国医生的社交宴会和舞会。罗伊以此为线索，一步步抽丝剥茧，最终将狡猾的犯人绳之以法。

罗伯特·雅克斯（Norbert Jacques）的《上海商人》讲述了一出惊险曲折的三角恋，既有东方神秘色彩的马来西亚魔法——血咒，又有中国玄学的意念操控，还有一系列谋杀中国人的案发现场，身心疲惫的男主角奈伊深陷爱情泥潭，又面临谋杀指控，最终洗脱罪名，在恐惧中与心上人逃离魔都上海。

君特·艾尔弗雷德·海因内克（Günter Erfried Heinecke）的侦探小说《上海来客》讲述了一起有关珠宝遗产的连环杀人案。诡异的事情接二连三地发生，几位合法继承人相继离奇横死。作为遗产托管人的律师协助警方查案，接连发现的证据指向两位来自上海的客人。这两位可疑的上海来客身上究竟隐藏着怎样的秘密？杀人凶手能否被绳之以法？连环谋杀案又与那座神秘的东方都市有着怎样的联系？

阿弗雷德·施洛考尔（Alfred Schirokauer）的《上海枪声》讲述了在闭塞的修道院内长大的德国女孩伊莎·霍费尔来上海投亲不成，举目无亲的她遇人不淑，不谙世事的德国少女与沉沦堕落的俄国瘾君子在繁华乱世的"东方巴黎"上演了一段荒诞而又离奇的际遇。东方与西方、闭塞与开放、落后与进步、善良与邪恶、文明与杀戮在上海错位交织……

恩斯特·阿道夫·比尔克豪泽（Ernst Adolf Birkhäuser）的《上海女孩》是一部带有浓厚东方元素的爱情悲喜剧。爱情围绕着眼睛的失明、复明，以及通过手术消除恋人之间种族和血统的差异展开。来自上海富商家庭的女主人公经历人生劫难，对自己的民族以及身份又会产生何种新的认识？跨越种族的爱情能否最终开花结果？

威廉·野原驹吉（Wilhelm Komakichi Nohara）的《埃尔文在上海——一则来自中国动荡年代的故事》以一对德国父子的视角描述他们在上海的所见所闻以及他们救助上海百姓免遭日军战火之苦的艰难历程。书中对于中国传统建筑、文化艺术的描述生动有趣，以德国人的独特视角还原了风韵犹存的老上海风貌。

乔·雷德勒（Joe Lederer）的儿童文学作品《阿凡在中国》围绕瑞士少年阿凡与中国少年阿程之间的友谊展开，他们从最初的互相看不顺眼，到后来成为朋友，再到后来一起经历劫匪事件，两个人相互陪伴、共同成长，纯真的友情不分国界。小说故事发生在20世纪30年代的上海，充满浓浓温情，有亲情、有友情、更有人间真情，是一部刻有浓厚老上海印记的德语儿童文学作品。

乌尔苏拉·梅尔彻斯（Ursula Melchers）的小说《蕾娜特和比尔在上海》以第一人称讲述了德国小女孩蕾娜特在上海的成长经历，及其与英国少年比尔的真挚情谊。两位小伙伴为寻找一份遗失的重要文件，在上海滩冒险游历，见识了上海的民生百态。上海沦陷后，比尔历尽艰难险阻，逃离日本人的魔

爪,逃亡前夜,他与蕾娜特约定和平时期再见。战争结束后,蕾娜特一家被引渡回德国,离开了被她视如故乡的上海。多年后,她突然收到一封中国老熟人的信,这封信里究竟写了些什么?蕾娜特为何激动不已,动身前往东方……

汉斯·海因茨·辛茨曼(Hans-Heinz Hinzelmann)的自传体小说《哦,中国:古老道路上的国度——由西向东生命之旅的真实发现》,用富有表现力的语言形象地再现了一个流亡至上海的犹太难民的命运。读者透过作者的第一人称视角,体味犹太难民生活的艰辛,感受主人公最初遭遇文化冲击时的不安和惶恐,并领悟他逐渐理解并接受异乡文化的过程。通过辛茨曼的叙述,中国读者们或许可以从别样的视角加深对本国文化的了解,并对20世纪三四十年代的上海都市风情略窥一斑。

弗兰西斯卡·陶西格(Franziska Tausig)的自传《上海船票》以细腻质朴、略带幽默的语言真实地描绘了身为犹太难民的女主人公跌宕起伏的一生,塑造了一位勤劳乐观、坚强勇敢的独立女性形象。自传中不仅生动地刻画了众多犹太流亡难民的人物形象,还讲述了各国人民在上海的生存故事,勾勒出一幅千姿百态、繁冗复杂的上海多元文化景观。值得一提的是,德国当代女作家乌尔苏拉·克莱谢尔(Ursula Krechel)的著名长篇小说《上海,远在何方?》中的女主人公便是以弗兰西斯卡·陶西格为人物原型创作的。

此外,鉴于"犹太难民在上海"的文学文本相对匮乏,我们编选翻译了《上海犹太流亡报刊文选》,所涉报刊主要收藏于德意志国家图书馆和美国犹太研究机构,国内现有可用馆藏极少。二战时期，犹太流亡难民在上海创办了50余种报刊，我们从其中五份主要德语报刊中臻选出"以上海为叙事主题"的小说、杂文、诗歌等文学作品共140余篇，犹太文化与海派文化历史性交汇与碰撞，呈现出犹太难民感受上海、认识中国、反思自我的心路历程，身处上海的犹太难民之境况悉汇于此。

阅读这些德语上海小说，"上海性"被重新"发现"。外滩大楼、上海大厦、国际饭店、摇着小铃铛的有轨电车、老年爵士乐、百乐门舞厅、咖啡店、石库门、新式里弄、南京路、上海青楼、黑帮大亨、风月明星、阿飞艳史……"魔都"上海作为现代性、国际化大都市的繁华魅影和"上海味道"一览无余。异国文学中的上海文本，以"他者"视角揭示上海作为城市文化载体的多维立面与意义，从而在跨文化的城市叙事之中观照作为中国现代性滥觞的上海文化在"他者"眼中的想象与构建，进而在对异文化与自我文化的镜像式双向审视之中重新探讨、界定上海之于中国现代性的历史及文化意义。

德语"上海小说"无疑是研究不同时期上海乃至中国历史文化的重要文献，对此进行研究将对深化和丰富中国文化的自我认知模式大有裨益。本德语上海小说系列大多创作于20世纪三四十年代，且均为通俗小说和畅销书。这些通俗小说文本在其对日常生活与细节的描述之中成为见证现代上海的重要文献，具有重要的史料价值和学术价值，并将极大丰富和推动德语文学乃至西方文学中的上海形象研究。与此同时，透过文本"夸饰"与"误读"上海形象背后的文化动力路径，有助于中国学者探究这一时期德国的精神文化与民族心理。由此，对现

代德语"上海小说"的阅读研究无疑将促进中德文化交流与理解,具有重要的现实意义。

此外,在德语上海小说系列翻译的基础上,我们撰写了研究论著《德语文学中的上海形象》,对近40部作品进行详尽解读,一是便于读者对德语上海小说有更加深刻的赏析和理解,二是推进挖掘德语上海小说的学术价值,为今后出版《德语上海小说研究文库》奠定基础。

"德语上海小说翻译与研究系列"作为(教育部备案)上海外国语大学中德人文交流研究中心的系列成果推出,值此出版之际,我要特别感谢上海外国语大学党委书记姜锋教授、科研处处长王有勇教授、德语系系主任兼中德人文交流研究中心主任陈壮鹰教授、德语系党总支书记谢建文教授的亲切关怀和鼎力支持。诚挚感谢我的导师卫茂平教授,铭记先生教诲,未敢丝毫懈怠。感谢德国弗莱堡大学Achim Aurnhammer教授,柏林自由大学Anne Fleig教授、Almut Hille教授,海德堡大学Gertrud Maria Rösch教授的学术交流与合作;感谢德意志学术交流中心(DAAD)外教Gabriele Otto博士、Maike Lechner女士,奥地利学术交流中心(ÖAAD)外教Andrea Plank女士的语言帮助。感谢国家"万人计划"青年拔尖人才项目、上海市"曙光计划"项目、上海市"浦江人才"项目对相关学术研究的资助。衷心感谢世界知识出版社章少红总编辑的鼎力支持和贾如梅编辑为审稿所付出的辛勤劳动。还要感谢参与丛书翻译和校对的每一位团队成员,她们虽然水平有异,但专注、认真、负责的态度,都值得称赞。因小说原作多为20世纪上半叶的德语旧文,翻译过程中，颇费踌躇的困难不少，如方言俗语、生僻旧字、花体印刷等，虽然我们尽心耗时，细致推敲，勉力而为，但粗疏错漏想必难免，敬请读者批评指正，见谅海涵。

2018年7月于海德堡

译者序

安娜·西格斯的中国叙事

谈及较早向世界展示中国革命的外国作家作品,人们会不假思索地想到埃加德·斯诺、艾格尼丝·史沫特莱、安娜·路易斯·斯特朗、詹姆斯·贝特兰等亲历中国革命战地的实录文学,是他们"给了世界第一双了解中国革命的眼睛"。[①] 然而,如果我们在文学层面的视域稍稍开放,承认文学的价值更大意义上不在于复述现实,而在于有境界地想象虚构并超越现实的话,就一定会在这一长串名字前面写上一位伟大的德国女作家——安娜·西格斯(Anna Seghers)。尽管20世纪30年代她还未曾游历中国,但这并不妨碍其在作品中比斯诺、史沫特莱更早地向世界推开中国革命的一扇窗口。

安娜·西格斯被誉为20世纪德国最伟大的女小说家,她自幼喜爱中国悠久的历史文化和灿烂的艺术文明。"早在孩提时代,我便渴望去中国,我读了一些童话和诗歌,那些汉字在我看来诗画一体。我自问道,那是些什么样的人能够用墨汁和

---

① 张道晔、王伟:《埃德加·斯诺:给了世界第一双了解中国革命的眼睛》,载《对外大传播》2007年5期。

毛笔写这些汉字来表达思想……后来我读了一些关于中国人的书和中国人写的书。"①在海德堡大学求学期间，西格斯主修汉学、历史和艺术史，经常与思想进步的汉学家菲利普·舍弗勒共同探讨孔子与老子思想，阅读《聊斋志异》和《道德经》，这对她毕生的文学创作产生了深刻影响。

20世纪20年代，安娜·西格斯投身于国际无产阶级左翼文学运动，关心中国发生的一切，从孙中山和他的三民主义，到中国共产党领导的工人运动。她深知，中国也正在进行着一场正义与自由的斗争。当时的柏林是"国际政治重要舞台"，汇聚了众多中国革命者和政治流亡者，与他们的交流给西格斯提供了重要的素材来源，促使她对中国进行更深入的研究，创作了一系列以政治革命斗争为题材的作品。②中国革命成为西格斯文学创作的重要题材，其中涉及20世纪20年代末至50年代初中国政治革命发展过程中的重要历史事件。

安娜·西格斯与流亡德国的中国女作家、社会活动家胡兰畦合作创作了《杨树浦的五一节》，围绕纺织女工徐茵，讲述了上海杨树浦的工人代表们如何策划罢工和示威游行，通过捍卫自己的权利来庆祝"五一国际劳动节"的故事。这篇展现上海工人精神风貌的作品于1932年发表在德国《红旗》杂志上。同年刊登在德国左翼作家联盟机关刊物《左翼阵线》上的《来自我工作坊的小报告》，以对话的形式忠实记录了两人

---

① Anna Seghers: Verwirklichung. In: Gustav Seitz: Studienblätter aus China. Mit einem Geleitwort von Anna Seghers. Berlin: Aufbau-Verlag, 1953, S.6.

② Vgl. Christiane Zehl Romero: Anna Seghers. Mit Selbstzeugnissen und Bilddokumenten. Berlin: Rowohlt Verlag, 1999, S.22.

创作的过程。西格斯提出:"我们应该写一写5月1日在上海发生的事,我们可以共同创作……我们必须向每一位德国同志生动地描述出来……全世界都在共同庆祝5月1日,但在每个国家,庆祝的方式各有不同……上海和柏林举行着完全不同的活动,杨树浦和威丁区也大不相同。这个杨树浦究竟是什么样子呢?"在对话中,两人探讨了写作内容和创作手法,西格斯主张不要一味描述中国纺织工人组织集会的行动,应注重详细描述"外在"事物,例如上海杨树浦的"巷子"、纺织女工的"木板房""灯泡""床铺""饭桌"等,关于"内在"与"外在"描写,西格斯指出:"木板房里的灯泡并不是外在的东西,正如五一节也不是什么内在的东西一样。我们描述灯泡微弱的灯光,并不是为了制造一个画面效果,而是因为这些灯泡表现出它的使用者的阶级境况,正如其他每件物品一样。这样便准确地描述了一部分事实,并且很快抓住了事实最重要的元素,即它的精髓——在我们这个例子里就是这条街道的精髓——以此使读者透过我们的眼睛,走进这条街道,走进我们的五一节。但是,一条'简陋、破旧的'街道读者是无法走进去的,因为千千万万条简陋破旧的街道让读者无法辨认出它。"[1]安娜·西格斯一语切中了当时众多西方战地记者身临其境、影像式记录革命中国的弊端,那些煽情式的外部描写只是皮相之见,貌似客观中透出事不关己的冷漠,无法让置身其外的外国读者感动和"入戏",甚至无法赚取一掬廉价同情的眼泪。"从物体上找出迹象,一种显示境况的迹象",以此塑造出的

---

[1] Anna Seghers: Kleiner Bericht aus meiner Werkstatt. In: Die Linkskurve. 09. 09. 1932, S.223.

"不再是一个模糊的中国同志,而是一个会吃饭、会睡觉、有嗅觉的人。她不是报纸上游行报道中的人物,而是一个有血有肉、与读者并肩行走的人"。① 西格斯提出文学作品通过描述现实达到改变现实的创作主张:"我们不能仅仅停留在描述上,因为我们不是为了描写而写作,而是通过描写,为改变而写作。"② 这一美学思想体现在《杨树浦的五一节》的创作中,"可以视作中德左翼文学互动的产物"。③ 此时的西格斯尽管还未踏入中国半步,但她凭藉想象,将美与价值赋予中国宏大革命中的平凡人物,以革命者形象感动世界,让读者产生"代入感",理解同情并支持中国革命。

安娜·西格斯从胡兰畦等中国革命者那里了解到中国抗战的情况,据此创作了大量反映中国革命题材的作品,刻画了"典型共产主义英雄事迹"。④《驾驶执照》以20世纪30年代初日寇入侵上海为背景:一位被俘的中国司机被日军强迫开车接送日本军官,"他们命令着他的一举一动,却无法掌控他的思想,还有他的使命和决心",他"猛一转方向盘"将车驶入江中,与敌人同归于尽,划出了"一道永远烙在民族记忆中的弧线"。⑤ 小说歌颂了中国人民视死如归的精神和抗战到底的浩然正气,突出个人为抗日斗争牺牲的历史意义,表达了中国人

---

① Anna Seghers: Kleiner Bericht aus meiner Werkstatt. In: Die Linkskurve. 09. 09. 1932, S.223.

② 同上。

③ 载《人民政协报》2009年6月25日。

④ Vgl. Christiane Zehl Romero: Anna Seghers. Mit Selbstzeugnissen und Bilddokumenten. Berlin: Rowohlt Verlag, 1999, S.41.

⑤ Anna Seghers: Der Führerschein. In: Anna Seghers: Der Bienenstock. Band I. Berlin: Aufbau-Verlag, 1963, S.157.

民必胜的信念。小说发表在德国左翼作家联盟机关刊物《左翼阵线》上,虽仅有800余字,却令人荡气回肠。让世界看到革命者"对共产主义有一种宗教式狂热的纯粹情感",这种"简单而强烈的"革命热情,"很符合逻辑"的信念,是"任何一支十字大军为了要加强精神团结、勇气、为事业而牺牲的必要的信条"。[①]

与《驾驶执照》中描写的个人反抗不同,短篇小说《计秒表》讲述了全体士兵的反抗故事,以泽克特将军为首的德国军事顾问为蒋介石出谋划策,帮助训练国民党军队围剿红军,揭露了帝国主义干涉中国内战的事实。小说以"计秒表"表现国民党军队的作战装备优良、外援强大,但结局出乎意料:冲锋号吹响后,国民党士兵们却调转枪头,反戈相向。作者的主旨呼之欲出:再精良的物质准备也不能够赢得战斗,民心才是历史进程的最终所向。

长篇小说《战友们》(1932)被誉为"那个时代最具挑战性的小说"[②],描写了席卷世界的国际共产主义运动,"书中作为主要战斗舞台的那些国家——匈牙利、保加利亚、波兰和中国——正以人民民主政体的身份向着社会主义未来前进。那时的战友们,曾经的地下战士、被关押者和被驱赶者如今正掌握着本民族的命运,他们早已成为更美好生活的战友们。"西格斯把中国革命纳入世界革命的视野,"将真实生活中的诸多热

---

① 埃德加·斯诺:《西行漫记》,董乐山译,北京:北京东方出版社,2005年,第296页。

② Vgl. Christiane Zehl Romero: Anna Seghers. Mit Selbstzeugnissen und Bilddokumenten. Berlin: Rowohlt Verlag, 1999, S.22, S.41.

血岁月化作寥寥数页的虚构人生"。小说讲述了中国一对廖氏兄弟献身革命的故事，廖彦凯与廖寒时在莫斯科短暂相会后，先后回国参加革命，廖寒时遭到特务出卖而牺牲，但是廖彦凯还活着，斗争还在继续。小说赞颂中国青年救国救民的热情和坚忍不拔的意志。

中国革命者廖彦凯、廖寒时究竟是现实中的革命者，还是虚构的小说人物，西格斯在《战友们》前言中这样写道，"他们不久前还生活在我们这里，这些同伴们的名字也会经常出现在报纸上的简讯中……我们满怀激动地听着他们的消息。这些消息对于当时许多德国人而言更像是杜撰的惨闻，抑或在中欧难以想象的事件"，"对于我们而言，他们是真实存在、而非虚构的英雄"。[1] 西格斯用寥寥几笔就刻画出另一个英雄的形象："廖汉新是个高高壮壮的北方人，他的脸棱角分明，没有皱纹，仿佛无论是他的青年时代还是整个民族的百年岁月都未在上面留下过任何痕迹与瑕疵……两眼不时地发出坚毅而专注的光芒。"[2] 西格斯在短篇小说《将新纲要送往南方委员会》（1949）中讲述了廖汉新的革命事迹，故事以1930年前后许多革命根据地相互缺乏联系为历史背景，中央委员会在霍山召开秘密会议，商讨制定新纲要，使之更加适应当时的形势，在农民中巩固党的组织。但由于地点暴露，会议只得提前结束，委员会成员廖汉新负责将新修改的纲要送往南方根据地。当他凭借机智和群众帮助，一路克服重重困难、突破敌人的封堵和暗

---

[1] Anna Seghers: Die Gefährten. Berlin: Aufbau-Verlag, 1959, S.6-7.
[2] Anna Seghers: Überbringung des neuen Programms an das Südkomitee. In: Anna Seghers: Der Bienenstock. Band II, S.252.

杀终于到达根据地后,发现那里的同志早已根据自己的经验智慧,制定出与党中央完全一致的纲领。这则故事揭示了革命道路充满了困难与艰险,赞扬了以廖汉新为代表的共产党人在完成革命任务时不畏困难的精神与坚毅勇敢的品质,另一方面也歌颂了根据地人民参加革命的聪明才智和党的革命政策的深入人心。廖汉新送革命纲要一路的遭遇,反映出战乱时中国的众生百态,与西格斯代表作《第七个十字架》的立意有异曲同工之妙。

安娜·西格斯在墨西哥的流亡岁月中积极致力于反法西斯斗争,也一直密切关注中国的无产阶级革命和反对日本法西斯的战争。艾格尼丝·史沫特莱讴歌中国革命与反法西斯运动的报告文学著作《中国的战歌》,成为西格斯在流亡岁月中的精神慰藉。西格斯撰文《中国的战歌——艾格尼丝·史沫特莱作品读后感》[①],发表在流亡者杂志《自由德国》(1944)。在文中,西格斯以多线叙述的方式,描述20世纪30年代中国的政治局势和社会状况,展现当时中国复杂广阔的社会现实;另一方面,她以热情积极的笔锋讴歌中国进行的一系列反法西斯的革命运动。西格斯"认识到本国的矛盾和在遥远的中国进行的斗争有着相互的联系"[②],她与史沫特莱一样,力图将中国进行的反抗斗争传递到全世界反法西斯人民耳中。在读后感中,西格斯延续了她注重个体、讴歌平凡英雄的写作方式,怀着深刻

---

① Anna Seghers: Chinas Schlachtgesang. Betrachtungen zum Buch von Agnes Smedley. In: Freies Deutschland. Nr.8. Juli 1944.
② 弗朗克·瓦格纳:《安娜·西格斯与中国》,吕一旭译,严宝瑜校,载《国外文学》1987年第1期,第83页。

的同情，关注和讲述普通革命者的成长。她在文章末尾呼吁更多的人关注东亚反法西斯局势，呼吁为坚韧不屈的中国革命军提供武器援助，呼吁全球的反法西斯力量团结奋斗，表明这位国际主义、共产主义作家反法西斯的坚定决心。

西格斯在墨西哥流亡期间还翻译了胡兰畦的短篇小说《脚夫》，发表于《自由德国》；西格斯在该译文基础上加以改编，创作短文《来自成都的兰畦》，收录于她的小说集《第一步》。这篇短文讲述了胡兰畦小时候目睹的一个场景：一名挑夫在码头搬运家具时不堪重负摔倒，众人却只是在旁感叹唏嘘，只有小小年纪的"我"发出疑问"他为什么非得背那么重的东西"，却得到"为了买米"的回答，揭露了当时劳动人民受剥削的残酷现实，也表达了作者永远不会停止追寻这个问题答案的决心。

直至20世纪50年代初，中国在西格斯笔下一直是国际共产主义运动和无产阶级革命的重要舞台，西格斯坦承，"二十多年来，我对中国的一切，尤其是中国革命，非常感兴趣"。[①] 中国革命者被西格斯誉为伟大光辉的榜样。[②] 在小说《失散的儿子们》（1951）中，西格斯成功塑造了为革命斗争而牺牲个人幸福的中国革命者形象。谭程立为完成任务，把两个儿子托付给别人，只身前往南方红色根据地，孩子们辗转被拥护蒋介石、憎恨革命的银行家常聚飞收养，做着牛马不如的苦力；后来，兄弟俩在好心人的帮助下逃走。弟弟立平

[①] 冯至：《冯至选集》第二卷，成都：四川文艺出版社，1985年，第246页。
[②] 参见《人民日报》1951年10月4日。

身体虚弱,积劳成疾,不久离开人世,哥哥陶生则进城做了印染工。党组织获悉陶生的情况并与他取得联系,从此陶生的生活发生了巨大转变,他上了大学,参加抗日游行,抗日战争爆发后参军,成为一名坚定勇敢的优秀战士。期间,尽管陶生不断听到自己父亲的消息,但始终未曾得见。最终,在经历了种种考验与艰辛后,父子重逢于欢庆胜利的时刻。西格斯的这篇小说揭示了革命胜利是用牺牲换来的,但革命并不只是骨肉分离,它也会让分离的人们聚到一起。陶生在艰难的处境中成长为一名坚定的战士,预示中国革命后继有人,生生不息。

1951年9月至10月,西格斯受邀参加中华人民共和国成立两周年的国庆典礼,这是西格斯第一次踏上中国的土地。此次中国之行,西格斯不仅参观了名胜古迹、观赏京剧等文艺节目,还出席了北京市第一批电车女司机正式行车典礼、访问保卫和平反美侵略委员会、中央美术学院关于美术问题的座谈会等活动。[①]西格斯与郭沫若、丁玲、冯至等中国作家进行了交流,她表示要深入了解中国工人在1949年前后的状况,写一部关于他们的长篇小说。[②]西格斯随代表团一起访问了南京、上海和杭州等地,她对中国的一切都很感兴趣,"不断地同工人和农民谈话,与成千上万人握手,受到科学家和艺术家的邀请"。[③]

[①] 据新华社《人民日报》1951年10月4日通讯报道。
[②] 冯至:《安娜·西格斯印象》,载《文艺报》1951年第1期。
[③] 弗朗克·瓦格纳:《安娜·西格斯与中国》,吕一旭译,载《国外文学》1987年第1期。

西格斯归国后写下游记《在新中国》,连载于1951年11月的《每日瞭望》,记录了新中国在政治、经济、文化领域取得的进步。西格斯在《为勃兰登堡农民所做的关于中国农民的演讲》中赞颂中国农民数千年来"凭借着无与伦比的勤劳征服了脚下的每一寸土地",把中国推翻封建主义、开展土地改革誉为中国人民创作出的"伟大的和平作品"。①在《中国人民赢得和平》一文中,西格斯赞扬了中国的和平运动:"毛泽东和他的战友们,同党和军队一起创造出伟大的解放业绩。许多世纪才能有的历史、经验和牺牲都汇集在了这几十年里:长江以南成立了第一批苏维埃根据地、长征、日本人侵略中国、持久而艰苦的抗日战争、人民解放军同蒋介石的斗争、两年前取得解放战争胜利并成立中华人民共和国、长期的建设工程以及抗美援朝战争。这一切都是中华民族力量的展现。"②西格斯为古斯塔夫·赛茨的作品《中国札记》撰写了前言《实现》,她在文中感慨道:"在这次旅行中,我们第一次目睹了这个国家,我们小时候和成年后所热爱的一切,全部汇聚到一起。我们无时无刻不在这个国家,在他们的艺术、法律、歌曲、人民面貌和文字中感受到这个民族的力量。"③

1952年,正值毛泽东"在延安文艺座谈会上的讲话"发

---

① Anna Seghers: Vortrag über chinesische Bauern vor brandenburgischen Bauern. In: Anna Seghers: Frieden der Welt. Ansprachen und Aufsäze 1947–1953. Berlin: Aufbau-Verlag, 1953, S.113.

② Anna Seghers: Das chinesische Volk hat den Frieden verdient. In: Neue Zeit, Januar 1952, S.12.

③ Gustav Seitz: Studienblätter aus China. Mit einem Geleitwort von Anna Seghers. Berlin: Aufbau-Verlag, 1953, S.9.

表十周年之际,安娜·西格斯受德国《星期日报》邀约撰写《纪念毛泽东延安讲话(1942年5月23日)发表十周年》。西格斯在文中指出,毛泽东的文艺思想具有高度的理论价值,同样适用于德国的文艺实践,将德国文艺工作者从"无冲突论"的思想误区中解放出来,为德国社会主义现实主义文学的发展提供了新的理论指导和方法论,从而从根本上杜绝了各种"主义"的发生。同年,西格斯为德文版《在延安文艺座谈会上的讲话》撰写了后记,高度评价了这篇讲话对社会主义人民文学发展的重要意义。"谁要是慢慢地、彻底地读一遍这个'讲话',一定会发现他以前所不知道的、但希望知道的许多问题。谁要是把它读了两三遍,就会得到所有问题的正确答案。""这对我们来说同坐在延安会议厅里的听众一样是适用的。他所提出的关于创作的问题对于全世界艺术家都是同样重要的。"[1]西格斯在1952德国第三届作家大会上呼吁德国进步作家学习这个"讲话","毛泽东的讲话是新中国对世界文学遗产作出的重要贡献"。[2]

在毛泽东延安讲话的启示下,西格斯撰文《两封关于中国的信》[3],刊载在《建设》月刊上。在关于文学问题的《第一封信》中,西格斯结合讲话内容,针对文学与艺术的发展方

---

[1] Mao Tse-tung: Reden an die Schriftsteller und Künstler im neuen China auf der Beratung in Yenan. Mit einem Nachwort von Anna Seghers. Hrsg. v. der Deutschen Akademie der Künste. Berlin: Aufbau-Verlag, 1952, S.85-86.

[2] Anna Seghers: Zum 10. Jahrestag der Rede von Mao Tse-tung in Yenan am 23.5.1942, In: Sonntag, 25.5.1952.

[3] Anna Seghers: Zwei Briefe über China, in: Aufbau. Kulturpolitische Monatsschrift. Hrsg. vom Kulturbund zur Demokratischen Erneuerung Deutschlands. Heft 1, 8. Jahrgang 1952.

向、文学的内容与形式等方面深入论述，进而阐明文艺工作者所肩负的伟大使命。西格斯指出，五四运动为中国的文学与艺术注入了革故鼎新的新鲜力量，使中国文艺打破封建礼教的桎梏，文言文开始被"人民群众的语言"取代，白话文成为文艺工作者创作的主流文体。鲁迅作为五四新文化运动的"领军主将"，在世界范围内享誉盛名，西格斯借其"横眉冷对千夫指，俯首甘为孺子牛"两句诗表达其相同的文艺观，即文艺工作者应同鲁迅一般，"甘心背负重担"。中华人民共和国成立初期，中国加速文化建设，发起扫盲运动，贫苦百姓自此开始学习阅读与写字。在这一背景下，人民群众对文艺工作者注定会产生更加热切的期待，作家群体也因此肩负着更加严肃的文化责任，正确文艺观的树立变得格外重要。在西格斯看来，德国的文学与艺术就曾错误地助长了人们对法西斯主义与战争的激进情绪。对于文学内容与形式之间的关系，西格斯则认为一部"真正的文艺作品"需要"与内容相匹配的形式"，否则将大大阻碍其内容及思想的表达与传递。在探究文艺创作之"源"的问题上，西格斯呼吁作家群体关注人民的生活，"满腔热血地投入到生活的战斗中"，并以此为文学艺术创作的原料，"以写作的方式同战斗融为一体"，形成为人民大众服务的文学艺术。故而作家的文艺创作技巧应与"同等程度的生活经验"巧妙结合，否则艺术作品将沦为空洞而言之无物的"形式主义"。在关于戏剧问题的《第二封信》中，西格斯提到自己在中国初看京剧，被演员的服装、动作、配乐、唱腔等深深吸引，但同时又充满"只看热闹，不懂门道"的懊恼之情。她清醒地认识到，个中缘由不仅在于语言的不同，更多

地在于历史文化背景的差异。西格斯以艺术家的敏锐感觉,由各种程式化的脸谱与道具联想到俄罗斯木偶剧和古希腊罗马戏剧,认为其典型化或简单化的艺术表现手法不会禁锢观众的想象力,反而"使其得到无限延伸",因为场景与意境都在"观众的想象力中迅速转换",其历史性题材、人物角色性格的鲜明特点与中国京剧意会化、标准化与程式化的表演特点大相异趣。西格斯在信中多次提到,每个民族都有自己在数百年乃至上千年生活经验基础上形成的艺术形式,不论是中国京剧、欧洲歌剧,还是世界其他国家的戏剧,人民大众都是历史洗练的原动力。人民群众与戏剧艺术的紧密关系,如同"苗圃与方便的水源之于花园"。只有扎根于人民生活,来源于民间文化,服务于人民大众,戏剧艺术才可能感染观众,从而历久弥新、代代相传。西格斯对中国戏剧事业的蓬勃发展持肯定与乐观的态度,对中国文化艺术的理解与喜爱,与其追求人民独立、自由、多元的思想一脉相承。在安娜·西格斯看来,人民是一切思想和行动的尺度与目的,是永恒而坚不可摧的力量源泉,这一现实生活的坚定信念正是其文学创作的不竭动力所在。

纵观安娜·西格斯的一生,中国对她的影响是多方面的。从最初热爱汉学,到关心支持中国革命,最后踏上中国的土地,那么,她何以对中国革命如此钟情,并有深透的解读?我想,那是源于一种情怀,一位西方人在不同的东西方文化背景下,内心所感怀的一股温情与敬意。那是一种对于东西文化相互包容与欣赏的气度,进而建立共同价值的见识。西格斯"不仅是一位勇敢的共产主义战士,也是中国人民的好朋友"①,在所有支持中国革命的外国作家中,极少有像安娜·西格斯一样创作过如此之多的中国题材作品②,其作品在中国经历了三次译介高潮,在中国学者和读者中广受欢迎。

① 冯至:《冯至选集》第二卷,四川文艺出版社,1985年,第249页。
② 叶廷芳:《遍寻缪斯》,商务印书馆,2004年,第71页。

目　录

计秒表 1

驾驶执照 3

来自我工作坊的小报告 5

杨树浦的五一节 11

中国的战歌

　　——艾格尼丝·史沫特莱作品读后感 16

失散的儿子们 29

纪念毛泽东延安讲话（1942年5月23日）发表十周年

　　——为《星期日报》特约撰稿 41

为《在延安文艺座谈会上的讲话》德文版所写的后记 ...44

中国人民赢得和平 52

两封关于中国的信 60

实　现

　　——安娜·西格斯为古斯塔夫·赛茨的《中国札记》所作

　　　的前言 73

为勃兰登堡农民所作的关于中国农民的演讲 79

战友们（节译） 89

将新纲要送往南方委员会 121

脚　夫 137

来自成都的兰畦 138

纪念菲利普·舍弗勒 140

后　记
　　——安娜·西格斯在中国的译介 145

计秒表

在前两次失败之后，经过周密的准备，第三次进攻战确定在6月5日4点35分打响。

德国军官们已把部队训练成普鲁士式的军队。他们和泽克特将军都在为蒋介石工作，帮助蒋剿灭中国南部的红色省份。

这些红色省份像游动着的巨大生物，它们的轮廓像水母一样变幻无常。在政府军的压力下，红色力量聚集到了南方，南下了六分之一纬度的距离。那里除了洼地什么也没有，就像大拇指在一块嫩滑的东西上摁了一下一样。红色力量在进攻中一会儿散开，一会儿又彼此融入。那些刚刚还在放火抢劫、搜刮民膏的政府兵们从杀红了眼的狂热中清醒过来，惊慌失措地看着被占领区里剩下的横幅标语、口号和图片，上面写着公平分配土地和粮食、教育老幼。

屡败屡战之后，蒋介石寄托在他的新顾问身上的期望终于要实现了。这支供给充足、装备优良的队伍无论如何都必须完成这项艰难的任务。在一次视察中，岳将军好不容易掩饰住他的惊讶：他们的装备如此高级，竟是用秒表来训练的。"从一群乌合之众中，"在一次对将军表示敬意的宴会上，德国少校说，"我们用秒表调教出一支军队，正如我们向您承诺的

那样。"

6月5日深夜,士兵和军官们都前所未有地清醒,个个严阵以待。4点35分,火被点燃了,和计划的一样。只是,士兵们在这一刻调转他们的枪口,越过军官们,向北发起了冲锋,在他们身后是武装的农民军。从这一刻开始,他们成了精锐部队。

(黄丹晗 译)

驾驶执照

日本人在上海的一幢房子内关押了一群有嫌疑的平民百姓。他们当中站着一个面无表情、穿着好于大多数人的矮个男子。他的神情看上去与监牢里的其他人相差无几。等待他们的判决早已让他们相互之间没了差别。

此时,一名军官带着手下的士兵们走了进来。所有被关押的人都盯着他。只见他快速地扫了每人一眼后,将目光停留在矮个男人身上。他一声令下,那男人被带到了他的面前,几双手开始搜他的身。可无论是面对搜身还是提问,那男人都没有丝毫的慌张。这一切突然中断了一下,因为有人在他的外套里发现了一张证件。只是证件上的内容,那男人刚才回答问题时都讲过了:他叫吴佩利,是商人张洛飞的司机。

之后,吴佩利先被带到院子里,再穿过一片住宅区,来到另一个通向车库的大院子里待命。手持步枪的士兵在两边看守着他。

随后,两个平民打扮的便衣命令他将一辆车开出车库,他们俩则分别坐到了驾驶座旁边和后面的位子上。像应和着自己的命令一般,两人不断地用手枪点着他的太阳穴和后脑勺。他们驱车穿过几条街后,停在了日本司令部的一幢楼前。两个总

参谋部军官同他们手下的通讯兵一起上了车。一人展开地图，标出了应走的路线。这时，司机吴佩利想到了死，反正死对他来讲也是早晚的事情。进而，他想到了地图上标出的位于前往船厂道路后方的目的地。突然，有人呵斥道："开车啊，怎么还停着！"于是，他按了按喇叭，耳边立时响起了日本军车那疯狂的鸣笛声，就是这个声音让他几个星期以来愤怒不已。接下来，他们一路飞驰穿过闸北，穿过一条条已被炮弹损毁、遍布瓦砾的街道，街上挤满了不知所措的人们。继续沿着河道前行时，他感觉到了对着他的枪口，坚硬却不再冰冷。虽然他们命令着他的一举一动，却无法掌控他的思想，还有他的使命和决心。

　　来到桥头堡的拐弯处时，身为司机的吴佩利清楚他该采取行动了。他猛一转方向盘，载有两个总参谋部军官、通讯兵、两个便衣和他自己的汽车划过一道分明的弧线跃入了江中。这道弧线也永久地烙在了人们的记忆中。

（黄丹晗 译）

来自我工作坊的小报告

西格斯：我们应该写一写5月1日在上海发生的事，我们可以共同创作。哎，你当时就在现场，非常清楚整个事件，你好好回想一下事情的大概。我们必须向每一位德国同志生动地描述出来。每个人都应该知道，全世界都在共同庆祝5月1日，但在每个国家，庆祝的方式各有不同。

你现在想起什么？

兰畦：事情开始之前要先做准备。那次关于准备工作的讨论是如何在上海秘密进行的呢？当时我就在场，听着：

在杨树浦，上海最底层工人的聚集区，一条又脏又窄的街道里住着纺织女工月季。我们聚集在她那间狭小、简陋的房间里，商量着准备工作。

西格斯：停！这是重点！说得更清楚些，哪条弄堂和哪个房间。

兰畦：等一下。这根本不重要啊。最重要的是准备工作，做了些什么。不管房间是这样还是那样的，我们只是碰巧坐在那里罢了。

西格斯：这你说的就不对了。我们的描述应该加强读者在5月1日共同庆祝的感觉——这只有当他在阅读中感受到，5月

1日是世界的节日,所有的人都在以不同的方式庆祝时,才能实现。上海和柏林举行着完全不同的活动,杨树浦和威丁区也大不一样。这个杨树浦究竟是什么样子呢?

兰畦:杨树浦,就是"杨柳岸边"的意思。在那里坐落着上海的各家中外纺织工厂,那里住着从事纺织工作的无产阶级。

西格斯:怎么住呢?住在合租屋里吗?

兰畦:当然不是!他们住在狭长街道两旁那些简陋的小木屋或临时木板房里。每个房间里都装着一盏小灯泡。

西格斯:现在这一切就更清晰了。一般来说,人们口述的要比写下来的更详细。在口述的时候,人们总是以所见和所闻为出发点,而在写作时,人们容易把记录当作出发点,常常把一些显而易见的事实遗漏掉。因此,如果你能把要写的东西说给一个充满想象力的人听,这是很好的。你肯定也不想以这样一个微弱无力的句子开头吧:我们在一条又脏又窄的街上,在月季同志简陋的房间里碰面了。

因为这个充满想象力的听众会回答你:我绝不会和你走进这座毫无装饰的破房子里,参加你们的集会。同样地,我也不会同你走进索然无味的故事里,即使里面会发生一些重要的事情。我从第一句话开始就没有再听下去,而去想别的事情了。然而,你现在所说的,正是建造"这所房子"的坚固材料:中外纺织工厂构成了杨树浦的坚实核心:杨柳岸边。

在长长的、狭窄的街道上,上海纺织业的无产者们的小木屋和木板房排成了一排,每间都装着一盏昏黄的小灯泡。

兰畦:好吧。但是我觉得你太夸张了。你太专注于外在的东西。

西格斯：我们并不知道"内在"和"外在"的区别是什么。木板房里的灯泡并不是外在的东西，我们描述灯泡微弱的灯光，并不是为了制造一个画面效果，而是因为这些灯泡表现出它的使用者的阶级境况，正如其他每件物品一样。这样便准确地描述了一部分事实，并且很快抓住了事实最重要的元素，即它的精髓——在我们这个例子里就是这条街道的精髓——以此使读者透过我们的眼睛，走进这条街道，走进我们的五一节。但是，一条"简陋、破旧的"街道读者是无法走进去的，因为千千万万条简陋破旧的街道让读者无法辨认出它。

兰畦：那人们怎么学会、认出并描述它呢？

西格斯：人们会学到很多，是的，人们可以学会如何对部分事实做特征说明。我们试一试：看那边那个送报纸的女人。你能不能对她的鞋子做个特征说明？

兰畦：一双劣质的、破损的、磨破的鞋子。

西格斯：这可不是特征说明，人们不能凭此识别出这双鞋子，毋宁说穿在脚上的感受。因为只有当人们读特征说明像感觉到鞋穿在脚上一样，才能设身处地地把自己置于穿鞋者的处境中，才能正确地说出她的处境。你也看到了，这双鞋没有"外在的"描述。这双鞋的元素是：脚背处是用针线缝合的，脚趾已经冲开鞋的前端，鞋底就要脱落了——还有——当人们不仅仅深入描述这一个物体，并且描写了它和其他物体的关系时，它的形象就会变得更加清晰和具体——那些高筒靴、胶鞋和高贵的牛皮鞋，在过小水洼时都骄傲地从那双鞋旁边跑过。

兰畦：你在说这双鞋时像个侦探。

西格斯：是的，人们也可以从侦探小说中学到一些东西。从物体上找出迹象，显示境况的迹象！

我们刚才研究鞋子，让我想起一个法国著名作家对鞋子的描写：

这段话说的是一个农民女仆：她身体的最下端，像是寓言里的一个长着大嘴的巨大怪物。

虽然这段描述的视觉效果很好，但是人们只能从中看出，小市民阶层的作者是怎样看这位女士的，而非她自己的感受。

兰畦：人们应该运用这样的比喻吗？

西格斯：人们可以有节制地运用比喻。只有当这些比喻能通过和其他物体的联系、清楚地表现某个物体时，也就是说再次使读者感受到我们的想象，并且从而得出我们想要表达的结论时，比喻才是需要的。比如说：描述一个农民出身的工人第一次进入车间："他头昏脑胀地闭上了眼睛，一霎那，好像空气中充满了数百万只蟋蟀的唧唧声。"隐藏在这段描述中的这个比喻，涵盖了这个人的农民出身，以及他悲惨的境遇。谁要是机械地接受这个不是出自自己想象的比喻，然后真的描写一个里面像有数百万只蟋蟀在唧唧叫的机器间，那他就错了。因为如果一个人一直待在城市里，机器的隆隆声是从来不会让他想起蟋蟀的。

兰畦：我们离题太远了，——回到我们的主题：也许刚才这番"课间"讨论对我们有点儿帮助吧。

西格斯：哦，主题：五一节。

我们已经仔细地描述了这条街道，现在来看看房间。一开始的时候根本无法想象这个房间，因为"又小又脏"并不能让人想象出什么。现在我们知道了,这是一间小木屋,亮着一盏无罩的灯泡。

对于偶然扫一眼这间房间的人来说,又小又脏的描述可能已经够了。但是对于一个要进入房间的人——每个读者都需要这么做——他就会关注更多具体的东西。这个中国纺织女工的房间里有什么?

窄小和简陋不是一个房间最重要的元素,只是一个模糊的轮廓。在这样阴暗的空间里,人们没法谈论实际行动。

兰畦:房间里几乎没有家具。

西格斯:几乎没有。那就列举下仅有的家具。她睡在床上,地上?

兰畦:不,她睡在一张木板上,木板架在门边的两张板凳上。

西格斯:光板子吗?别不耐烦啊,这位中国女同志的家里就没有任何值得一提的东西吗?

兰畦:嗯,木板上有外国丝线纺出的床单,一条很薄的被子,一个外国式样的枕头。

西格斯:看,现在这些粗略扫一眼的读者对这张床至少有一个印象。而那些有阶级意识、仔细的读者还能从你的描述中读出:这个年轻的中国纺织女工不得不接受这些外国东西。

兰畦:左边的墙前面放着一堆脏衣服。这个也要细说吗?

西格斯:是的,也许我能跟你解释一下为什么。在我们描述的每一个空间里都包括两个元素:区别和联系。虽然这位中国女同志的房间可能和我们想象的并不一样,但这些累人的活儿,这些要洗的衣服我们的房间里也有。你能理解这和我们的题目的关系吗?五一节,世界的节日——各地以不同的活动共

同庆祝？

你继续描述！

兰畦：一张桌子，上面几个碗盘和几双筷子。一个碗里装满了腌菜，用报纸盖着。那酸味已经逸散出来了。

西格斯：好！好！现在，这个房间里的女人不再是一个模糊的中国同志，而是一个会吃饭、会睡觉、有嗅觉的人。她不是报纸上游行报道中的人物，而是一个有血有肉、与读者并肩行走的人。

兰畦：没错。如果人们对比这两段描述就会发现。在杨树浦，上海最底层工人的聚集区，一条又长又脏的街上，在一间又小又简陋的房间里住着纺织女工月季，还是：

各家中外纺织厂构成了杨树浦坚实的核心。在长长的、狭窄的街道上，上海纺织界无产者们的小木屋、木板房排成一排，每间里面都装着一盏昏暗的灯泡。房间里，门边上摆着床：两张板凳上搭的一块板子。上面放着外国丝线纺的床单，一个外国式样的枕头和一条很薄的被子。墙前面是一堆脏衣服。桌子上放着几双筷子，一个用报纸盖着的装满酸菜的碗，缝隙里飘出阵阵的酸味。

西格斯：这就是那间房间。你们马上就要聚在那里准备五一节。这三句描述只是我们题目的冰山一角。我们不能仅仅停留在描述上。因为我们不是为了描写而写作，而是通过描写，为改变而写作。我们现在只确定了地点，情节将紧密联系地点展开。现在开始情节部分吧！

（张帆 译）

杨树浦的五一节

杨树浦，顾名思义，就是"杨柳岸边"的意思。这里汇集了上海大部分的中外工厂，是工人区的核心：欧式小木屋，临时木板房，里面的电灯闪烁着微弱、昏暗的光。

屋子里，左手墙边摆着一张小桌子，上面有几个碗盘和一双筷子。其中一个碗里装满了腌白菜，虽然用报纸盖着，酸味还是从缝隙中弥漫出来。门边放着床，所谓的"床"，其实就是两张板凳上架着几块木板而已。床上铺着外国丝线纺的床单，一个外国式样的枕头和一条薄薄的被子。另一面墙边堆着要洗的脏衣服。这里就是女工徐茵的家。

徐茵回到家，扭开昏暗的灯，疲惫不堪地倒在床上。她什么也不想吃，脏衣服也不想洗，只想好好睡一觉。

工厂里在裁员，在罚款，监工在朝着年轻工人挥舞棍子。徐茵知道，这就是黄色工会[①]和红色工会[②]的区别：红色工会为工人的一切利益而斗争，而她，已经渐渐看清了这一

[①] 黄色工会是指与资方妥协或被收买，或是被工贼所控制的工会，常被指作假工会，亦指资本主义国家中提倡改良主义的工会组织。——译者注

[②] 红色工会，即红色工会国际，是在列宁和共产国际的影响和指导下建立的各国进步工会的联合组织，又是20世纪二三十年代国际革命工会运动的领导中心。——译者注

点。她还清楚地知道,现在睡觉和庆祝五一是不可兼得的。她看着静悄悄的屋子和那盏昏黄的灯。

过了一会儿,砰砰,有人敲门。

"谁啊?"

她打开门,是阿瑞。徐茵立马清醒了,不由得开心起来。"徐茵,我们现在需要一个房间来讨论事情。去拿一壶茶来,大家一会儿就到。我们要商量一下后天的事情。"

徐茵取来了茶。金山来了,几个红色工会的代表,还有纺织女工徐喜。

徐茵和徐喜非常要好,她们跳着跑向对方。徐喜转过身来时,徐茵把一块巧克力塞进她嘴里。男士们在一旁看着她们笑了,开玩笑道:"徐茵,我们的呢?我们要成立一个男士联盟。"

金山说道:"别闹了,快坐下,我们讨论一下吧!"

三人坐在床上,两人坐在长凳上,金山和阿瑞没有凳子,只能站在桌前。金山是红色工会的代表,也是红色队伍的领导人。他有着一张年轻、黝黑的脸庞,是典型的无产阶级。他话不多,但是说起话来总是条分缕析。现在大家都静了下来,等着他发言。

"5月1日这天,我们要做到:一、大罢工;二、示威游行。这是对黄色工会走狗们的沉重打击。"

有人表示,罢工已经很不容易,示威游行更是艰难。要做什么准备呢?

阿瑞说道:"一点儿也不难。我们有五个区的工人队伍,可以组织他们去示威。"

徐喜问道:"女工们呢?"

徐茵说:"女工最好不要。一旦发生什么事,她们裹过脚,不方便撤离。女工们的任务是罢工。"

金山表示同意:"说得对!"

大家都举手称好。

离开的时候,他们对徐喜和徐茵说道,你们俩辛苦了,再见。徐茵把他们送到门口。夜已经很深了。她这才放心地睡下。

"呜——"汽笛声响了起来。工人们忙碌地进进出出,值夜班的疲惫地离去,来上日班的精神焕发。阿瑞在到处耳语:今晚九点,天香茶馆。

天香茶馆位于杨树浦的中心。店老板是个共产主义者。他花了几年的时间,费了不少气力,才筹够钱把这间茶馆给租下来。

今晚,工人们将从各家工厂汇集到这里。所有的桌椅都准备好了。晚上九点,茶馆里挤满了穿着工作服的工人,他们来自纺织、钢铁、烟草各个行业。一些女工也在。茶馆里烟雾缭绕,屋里屋外一样闷热。每家工厂的代表都在清点自己工人的人数。

金山开始说话:"5月1日那天,你们必须做好准备,我们不仅要罢工,还要示威游行。这就是我们的斗争。我们要考验我们的力量,更要展现出我们的力量。大家说,好不好?"

所有人都叫道:"好!好!"大家群情激奋,气氛一下子高涨起来。

这时有人问道:"又是罢工,又是示威游行:这可一点儿

也不简单啊！我们很容易被暴力镇压。要深思熟虑啊。"

"啊，金山，你怕了！"

"我们的确必须准备得非常充分，才能行动。"金山说。

烟草工人问道："大罢工，怎么罢工呢？很多工厂还没有红色工会呢。"

金山说："没错！这就是我们要做的工作。如果到处都有红色工会的话，就显示不出我们的本事了。我们要通知所有红色工会的成员，让他们找工人中的积极分子谈话。在4月30日最后一轮夜班结束前，我们关掉所有机器，让所有人知道：5月1日来了！"

大家要互相转告5月1日的重要意义。如果世界上的工人都不工作了，还有谁敢压迫我们工人阶级？这会成功的，一定会成功，也必须成功。在那些还没有红色工会的地方，我们就单独找工人谈，一个一个地谈。但不要太急，不要吓坏人家。我们不能下命令！但我们要找到适当的表达方式，比如："看，这就是你的力量！把它展示出来！"这样，他们才会加入我们。对不同的人进行适当的开导，他们到时就会关掉机器。

阿瑞连声赞同："对，对，就是这样。"

大家激动地附和："就这样！"

集会结束后，人群在夜色中慢慢散去。漆黑空荡的街道只剩下电车轨道在嗡嗡作响。

5月1日清早，工厂周围的街道墙上挂满了各种标语口号，所有的入口都站着罢工者的岗哨。今天大工厂的车间里不再机器轰鸣、一片嘈杂，反而工厂外面人声鼎沸。只有厂部办公室里的那些老爷们拿着电话,一个劲儿地叫道:"快来,黄色工会的先生,请你们立刻过来!"连监工也在外面叫骂。大家都横眉怒目,扬声恶骂——他们不是有勇气,而是太愤怒了。所有的茶馆里都坐满了罢工的人,他们像过年一样开心。女工们把饭碗都带回家:今天,她们可以在家里吃饭,好好坐着吃一顿饭了。

上午九点,所有通往杨树浦广场的路上突然发出像鞭炮一样的巨响,工人队伍从各条街道喷涌而出,迅速汇合在广场上。这时,金山出现在广场中央,举起一面锤子镰刀旗。各队队长命令队伍停下,到金山面前报告道:"东区200人,闸北200人,杨树浦200人,西区200人,市中心200人。"

队长们回到队伍前。队伍在广场上排出锤子和镰刀的阵型。从茶馆和住宅里涌出许多围观的人。金山声音嘹亮,向群众解释五一节的意义,分析中国的局势,揭开国民党的真面目,并号召大家准备上海第四次起义!

队伍中响起了国际歌的旋律,所有的工人齐声歌唱。这时,警察赶到了。他们一到广场,金山和工人领袖们就被涌向前的人群淹没了,只见人群中有数百个工人,他们簇拥在一起,发出嘲讽的声音。

(黄丹晗 译)

中国的战歌

——艾格尼丝·史沫特莱作品读后感

在受地理位置所限、被迫与世隔绝的流亡时日中,史沫特莱的小说就像一位令人怀念、不辞万里而来的同志,以她的热忱、直率、博识与正直深深地打动了我。在此期间我也听闻一些异议,在我的舌尖也涌动着一些疑问,但它们正是正直坦率与同志之谊的表现。这些日子以来的种种事件或可阻挠那些无关紧要的话题,但绝不会排斥或拒绝这本书。当第二战线的问题令我们欧洲人深感焦虑不安的时候,这本书中的问题只会变得更加迫切。因为当提出一个本质性问题的时候,它有可能会被遮蔽一段时间,但在一个决定性的时刻,它必定以绝对的清晰、绝对的鲜明重见天日。它就是中国,在世界大战中,它最先开始坚决反击法西斯主义,或许现在它已经展开了最后的、决定性的痛击。

对于我这样一个对这个国家一无所知的人,这本书就像一次情感的沉淀。正如中国对日本宣战那天,史沫特莱看到大群中国人从自己身边列队走过所受到的震撼一样:"我至今未能以恰当的言辞表达他们给我留下的深刻印象。他们庄重、严肃、毫无虚夸之气,然而却似乎已经决心献生给死——给生。他们身上闪耀着一种像大地那样谦逊朴素的威严。他们属于中国，他们就是中国。当我眼看着他们，我自己的生活就好像只不过是一团混乱。"①

很久之前，我在德国的时候，曾经在《法兰克福汇报》的专栏上看到过史沫特莱的一篇早期中国报道，那是她在1929年在中国做记者期间所写。那时她参观了中国北部的一个大牧场，在庄园气派的大厅中得到了极好的接待。亲切和蔼的主人们围绕着她，向她介绍了一位年轻貌美的新娘，她甚至还参观了一所美式的高级学校——但在某次高雅宴饮之时，她却听到一阵古怪的声音。她后来发现这声音原来是锁链的叮当声：不听话的农民被用镣铐拘押在大厅的阴暗角落。这篇报道再次出现在了这本书的开头。史沫特莱刻画了她在这个国家看到的这一原始的、以各种各样现代手段包裹起来的封建制度，这种制度一直存在于这个国家，甚至在孙中山死后还能毫无阻碍地继续维持。

每一户中国人家里都有孙中山的画像。他是中国的第一个共和国的第一位总统，他结束了封建制度，将中国变为一个现代国家。在他的画像下面，还能看到所谓的"三民主义"的字迹，它体现了内部与外部团结、民族团结与民主团结的原则。在孙中山的影响下，不仅仅满族统治，还包括整个封建王朝制度，都被彻底摧毁。"反清复明"一类秘密会社的秘密口号都不复存在。现在中华民族既不要满族的外族统治，也不需要汉族人的明朝；也就是说，中国人不再需要在经济和政治

---

① 参见史沫特莱：《中国的战歌》，江枫译，作家出版社，1986年，第193页。——译者注

上与旧统治紧密联系的封建制度。中华民族要的是真正的民主。孙中山在中国和美国的学校受过教育。他多年来——甚至在他的革命事业开始之时，就一直待在美国。他邀请许多国外的顾问到广州，尤其是苏联的鲍罗廷①。在孙中山生前，中国共产党与国民党组成的统一战线，建立在中国革命及由此产生的民主基础上。1925年，孙中山逝世后，蒋介石通过一系列内部争论和夺权手段，最终掌握最高权力。由于北方军阀分裂、连年混战，蒋介石带领革命军队由南向北进行征讨。在上海取得胜利后，工人和青年学生盼望着他的进一步行动。但是这个国家年轻的工业界虽然欢迎革命，并与陈腐的、阻碍发展的封建制度决裂，但他们并不需要苏联模式的革命来调和。他们与蒋介石之间的激烈谈判以流血恐怖事件告终，这一系列恐怖事件无不针对那些有亲近社会主义或共产主义之嫌的年轻人。一些作家身在其中，见证了我们这一时代本质问题的爆发，并将其作为写作的素材。马尔罗②把1927年4月11日这一天的事件写成了长篇小说《人的境遇》，他用这部小说打破了看似遥远的题材背后的地理与人性界限。在珀尔·巴克③的《爱国者》当中，蒋介石的行为被解释为保卫民族统一、防止内战导致国家分裂，因为他看到与日本的一战将不可避免。

然而，历史出现了如此发展：大部分工会被解散，首都迁

---

① 鲍罗廷（Mikhail Markovich Borodin, 1884–1951）：苏联布尔什维克党员，1923—1927年在中国进行革命工作。——译者注

② 马尔罗（André Malraux, 1901–1976）：法国作家，其代表作《人的境遇》（La Condition humanie）获龚古尔文学奖。——译者注

③ 珀尔·巴克（Pearl Buck, 1892–1973）：中文名为赛珍珠，美国作家，代表作《大地》（The Good Earth）等。——译者注

至南京，共产党员被排挤出国民党。1927年夏天至冬天，国民党军队的左派进行反抗，并被排挤到江西省。在这一力量的影响下，江西省的革命情绪日益高涨，出现了农民武装。这一支农民军队在十年的迫害排挤中成长壮大，成为苏维埃地区的一支苏维埃武装。它没有经过精确的组织规划，而是像水中的水母一样，在迫害当中不断改变自己的形态，比如这支部队的士兵或者军官一会儿是普通的农民或村口铁匠，一会儿又变成军队力量。国民政府也雇用外国军官对政府军的士兵进行训练，而这次不再是像孙中山雇用苏联人一样，受雇对象主要变成了德国军官——他们或是由于凡尔赛和约，或是由于卡普政变而失去原本的工作。例如泽克特①将军和他的班子就一起来到了中国。

在这支现代化政府军队的围追堵截之下，苏维埃的农民军队于1934年开始向着中国西北进行"长征"。史沫特莱和其他许多作者都报道过这个长达数年、穿越西藏地区的伟大征程，这是我们这个时代最波澜壮阔的传奇之一。它令人想起古希腊历史上1万名希腊人迁出亚洲的"大撤退"，那是文学史上最著名、最古老的报道。军队人员锐减、困顿饥饿、历尽艰辛，但他们百折不挠，面对从未间断的战争，从未改变自己的道德态度与军人作风。剩余的中华苏维埃军队及时抵达了北方的大本营，为1937年战争爆发之时组建反抗日本侵华的统一战线打下了基础。

---

① 泽克特（Johannes Friedrich Leopold von Seeckt, 1866–1936）：德国军事家，一战期间担任德国陆军参谋总长，他曾于1933—1935年期间来华，并受聘为蒋介石的军事顾问。——译者注

没有这一系列历史和政治事件,中国在战前与战时的局势便难以理解。史沫特莱所体验到的、充斥着分裂与矛盾的整个中国的现状,正是以此为底色。

在对日宣战之时,史沫特莱已经在中国的土地上生活了将近十年。中国与西方两个世界发生猛烈碰撞,这一幕在苏俄火车站工作人员的眼中定格:在与苏联交界的满洲里火车站,苦力与乞丐组成的乌合之众为了抢扛行李的生意而扭打在一起。

在战前章节中,有一处相当重要和精彩的情节,是招待"中国的高尔基"——诗人鲁迅。由于鲁迅的文坛朋友都落入白色恐怖之手,而他本人又太出名,因此政府想要攻击他或者要用他来杀一儆百。在他的密友被逮捕之时,他写下《写于深夜里》。那些有崇高声望的知识分子和无名工人被那些"绿衫队"[①]射死——所谓"绿衫队"就是中国的褐衫队,法西斯政权的冲锋队。

史沫特莱被她的医生送到了中国北部。这次旅程究竟是生病的结果,还是某种艺术或政治的直觉,抑或是偶然或命运的推动——无论人们愿意如何看待此事,总而言之,在这个国家的历史进程中相当重要的某个点将史沫特莱吸引到了那里。她度假停留的省份由一位"少帅"控制,他是中国某个元帅的儿子,带着年轻而具有活力的国民党军队对抗蒋介石。这位少帅拒绝抽大烟和其他所有封建陋习,他雇用了反法西斯的顾问,创办中小学和大学,并且给剩余的红军部队在当地的驻扎权。他是一个坚决的抗日者,并且支持一切反对满洲陷落的起

---

① 此系原作者笔误,实际所指为国民党内部的法西斯组织蓝衣社。——译者注

义。国家外敌就是最凶猛的法西斯主义者，因此最坚决的反法西斯人士是对抗外敌最好的战士。日本为了及时断绝中国与苏联的联系，入侵了蒙古，因此少帅组建起反法西斯武装。但政府在自身法西斯主义的影响下，对红色力量的武装和强化表示厌恶仇视，蒋介石没有致力于抗日，取而代之的是，在临潼举行了反苏军事会议。这个地方距离史沫特莱暂居的地方相当近。少帅率军发起突袭，扣留了蒋介石。得到蒋介石执行抗日政策的保证之后，少帅释放了他。这次军事会议本应针对反法西斯分子和红军首领，但正是由于他们的奔走努力，少帅才会释放他。因为对于红军首领，只有这样一个完全颠倒的讯号，才能保证：任何内战不得妨碍反抗日本法西斯的战争，如此才能确保蒋介石领导下的中华民族的统一。

在马可波罗桥[①]陷落之后，蒋介石在1937年7月17日对日宣战。在宣言中他表示：中国现在必须反抗，否则将会置民族于万劫不复之地。

史沫特莱以无条件的艺术和政治责任原则，经历了中日战争的各个阶段。也许对个别判断，我们怀有异议或是无法认同——在这本书中，每一个章节，每一句话，无不充满了精神上的利他主义，充满了那种不可见的、既不能以名誉也不能以盈利作为报偿的社会使命；冷静、简明的写作态度包裹着优雅文风、巧思妙写或艺术修饰，作者将自己的所见所闻毫无保留地进行还原。她将自身置于这个物质存在中，让自己亲眼见证，自由与法西斯主义对抗的世界战争中，在这个对我们而言

---

① 即卢沟桥。——译者注

遥远的战场上发生着什么。这本书突破了"报道"这一常用的概念,而上升为历史见证以及工作报告。

随着日本人向着华中地区不断挺进,之前的首都南京在1937年12月12日陷落。在日本的控制下,被占领地区建立起了傀儡政权。汉奸和中国的维希政府①趁机发展起来。汪精卫力主当局与日本媾和。必不可少的民众武装对于许多人而言就如同眼中钉。对他们来说,日本人也好过红军。对于这个东半球的准则,我们西半球的人只需要替换一下我们的敌人的名字,也同样适用。从1937年12月到1938年10月,汉口暂时成为新的首都。1938年夏天,日军逼近汉口,中国士兵掘开黄河的渡口。扬子江的堤坝和通往长沙的桥梁都被炸毁,因此武汉三镇都受到洪水威胁。在人满为患的汉口,各种各样的人来来往往,所有的对立、这个国家最迫切的问题乃至整个世界最迫切的问题都汇集到了这个三角地带。

德国政府撤回了他们帮助国民党军队进行改组的军队随员和军官。仍然有资格出席许多中国会议的德国记者成为盖世太保的走卒。意大利的领事与日本人保持无线电联系。对华友好记者与法西斯记者之间不断发生碰撞。人们咒骂珀尔·巴克,她把中国的红军、新四军称为中国民主的枪炮。在这个压抑的环境中,好与坏的界限变得更加清晰。当然,也有志同道合的同志之间无条件的同事之谊、助人精神和信赖。进展越来越顺利,局面也越来越紧张。10月中旬,广东毫无抵抗地沦陷。

---

① 维希(Vichy):法国地名。二战期间德国占领巴黎后,在维希建立起傀儡政府。——译者注

在同一个月，日军进驻汉口，政府撤退至重庆。蒋介石委员长发出呼吁，这是他在战争宣言之后最重要的文件：他号召沦陷区人民进行游击斗争。这个国家的多样性、人口密度以及它在所有陷入战争国家中的国土面积很容易让人想起苏联，因此这一要求以及随之而来的结果也能够与苏联发起的游击战争进行对比。它证明，政府用一切手段对抗日本法西斯的这一决心有着决定性的作用，至少它所产生的作用能压制当下其他一切问题。

1937年秋天，艾格尼丝·史沫特莱走访了扬子江下游南岸的大片游击区。这是"无数次身体和精神完全被捆绑在一起的旅程"之一。这片集约式开垦、间杂山地梯田的开化地带盛产稻米、茶叶、丝绸和蔬菜；经济仍然展现出封建地主制度的特征，对此史沫特莱在她早期的报道中也曾提及。现在新四军也影响了这片游击区的生活。他们之所以选择这个部队番号，是因为在北伐革命战争中，当时的第四军由其中一位指挥官①领导，而这位指挥官现在正负责新编组的这支军队。1937年年底，分布在全国范围内的红色游击队从七个相距遥远的地点向新四军的驻地集结，其中有1.3万人被编入了新四军。1938年春，他们被分编入小规模的分队，秘密从一个村落到另一个村落，溜进了日本人设置的"禁区"——就像纳粹在法国北部干的那样。经过政治思想工作和军事训练准备之后，这里形成了较大的抗日军事武装，他们开展了反抗日本军队和本国傀儡政权的无数次艰苦的小型战斗。史沫特莱从经济与军事生活两方

---

① 即叶挺。——译者注

面,写下了不同时间拜访不同游击区的见闻,从中可以看出,那些被中国法西斯分子视为鬼蜮伎俩和政治滥用的民意宣传立足于何处。在这片破败的土地上,史沫特莱本以为只有最原始的卫生所,但她找到了这支军队中最好的医院。一般来说,这里的卫生救助甚至还无法提供哪怕最常见的救治物品,因为红十字会——这也是美国人的——拒绝了这一请求。这里没有消毒设施,没有药品,没有绷带,没有疫苗注射。人们想尽办法,耗费心思,终于建立起X光机站、灭虱站,甚至还费力争取到了人的骨骼,来开展解剖课程。人们还把卫生所变成了学校,因为"知识和枪炮一样重要"。① 不识字人的床上悬挂着一块写有汉字的板,供他们每天学习。这本杂志的最后几期,还提到了妇女参加卫生工作甚至参与政治的事例。"我并非共产党员,"史沫特莱如此说道,"在许多方面我也与他们并不统一,但我想了解这里的儿子或者兄弟。"这片原本迄今还保留部分封建残余的区域如今被游击战争占领,随之出现了为军队服务的修理厂以及消费合作社和集体经济。有一个盐矿老板的儿子思想激进,率领着一支游击队。有些工人矮小得像孩童,因为他们以前像奴隶一样,必须在皮鞭下不分日夜地在低矮矿道中工作;在如今这个人权与个人尊严受到重视的新的进步世界,他们也加入了抗日的斗争。

日本人的陈述和信件与纳粹在苏联留下的档案相符合。"我没有想法,我服从命令。""中国辽阔无边,我们是否还能再次回到故乡?"日本军官同样也按照法西斯的做法争取游击

---

① 史沫特莱:《中国的战歌》,江枫译,第466页。——译者注

队的领袖。"我们亚洲人希望日本、满族和中国建立一个种族平等的大帝国。"在东方，法西斯的占领征服意味着什么，建立在"种族平等"之上的毫无廉耻心的残忍意味着什么，我们可以在日占区的报道中读到——就在那些医院被焚毁、伤员和护士被屠杀殆尽的地方。

1940年夏天，史沫特莱来到了新的首都重庆。南京、汉口、重庆，接连三个中央政府说明了中日战争的不同阶段。日本人现在向着汉江以南的平原挺进。在轰炸不断的重庆，所有在汉口的对立只会变得更加尖锐和不受控制。战争大幅加快了中国的现代化进程。学校得以扩建，医疗救助得到拓展。新四军之外也有各种合作。对于这个转变，反动分子从上或从下、在民众间或在政府中进行阻挠。一时间出现了无数鬼蜮伎俩、诽谤中伤、秘密警察机构，甚至还有针对左派人士的集中营。英国封停了来往印度的大型交通要道——缅甸公路之后，劝谏与日本媾和的派系的影响力不断壮大，随之而来的危险也不断增加。在这个关键时刻，蒋介石没有向党内右翼势力妥协。他和后来的日占区傀儡政府划清了界限。一部分中国的爱国人士再次开始提出那些未得到解决的问题：想要取得对敌作战的胜利，怎么能不武装普通民众？想要将法西斯侵略者赶出门外，怎么能不增强反法西斯力量？

史沫特莱在香港有过一次短期度假。香港虽然是中国城市，但同时又是英国殖民地。这里的人们每天都受到日本攻击的威胁，整个城市里挤满了有钱的中国避难者、美国和英国军官、作家（比如海明威）、日本高层官员和日本反法西斯人士，同样也有德国的反法西斯移民。在香港药房能买到的药品甚至

比在一个大型中国军队医院能买到的还要多。

通过史沫特莱的书,我们可以(在一本书所能提供的限度下)了解中国这个民族,我们也可以认识成长于这个民族并且影响这个民族的那些人。个人之于群体,民族之于个体,这一关系是至关重要的艺术与政治问题之一。对于距离遥远的我们而言,只有放在具体情节下,才能校验这本书给出的各个判断。在这本书中,中国人和外国人的形象通过各自的言语塑造起来,又被他们的行为刻画得更加清晰。对于那些西方政府、媒体或代表团中的帝国主义分子,史沫特莱怀有毫不掩饰的鄙夷不屑,但她又小心翼翼地将那些在战争中经受住考验、并且将自己的权力用于人民的人排除在外。其中包括美国的领事、军队随员、红十字会工作人员、牧师和修女。她逐渐看清,中国就是一个民主的战场,而日本终究会成为共同的敌人。在对朱德、毛泽东和周恩来等人的描写中,个体与群体的关系变得愈发清晰。朱德被誉为"红军之父",在长征路上伴随这支军队成长,政府悬赏2.5万美元要他的项上人头;毛泽东,中国共产党的领导人;周恩来,国民政府中的共产党人,拒绝一切贿赂收买,因为他对豪奢的生活漠不关心,他凭借人格魅力受到蒋介石家族的尊敬,他知道所有的国家民族,会说德语在内的各种语言。(他在共产国际解散后表示:"中国共产党的产生及其发展,是得到了共产国际不少的指导和帮助的,但是中国共产党的靠山却不是共产国际,而是中国的人民。"[1])在我们

---

[1] 周恩来:《在延安欢迎会上的演说》,摘自中共中央文献研究室中央档案馆:《建党以来重要文献选编(1921—1949)》(第20册),中央文献出版社,2011年,第513页。——译者注

这儿，几乎没有人知道他们，但他们或许就是我们这个时代所有进步力量当中最响亮的名字。史沫特莱的书中还有许多中国军队的军官，如果没有这本书，我们永远不会知道他们的存在。这些人忠诚廉洁，性情迥异，与各种思想观点战斗；有时候我们不由起疑，究竟是什么塑造了这样的个性或这样的命运。尽管我们对他们的生活方式几乎一无所知，但是我们在下一页却知悉他们阵亡在了战场上，其中也包括广西将军。①全书以他的话结束："请转告贵国同胞！"我们可以向死难者与生者保证，我们完成了他们的嘱托。

我还注意到在美国埃利斯岛上的一段插曲，它就像这本书的余音，回响于世。在埃利斯岛上有一个入境登记表，比如说，列表上写着在当天有404名男性、417名女性登记，还有一名中国人。我们曾经视为耻辱的这个记录，今天对我们而言却是一项嘉奖。他是唯一一个中国人，是这个民族唯一的使节，是第一个坚决反对法西斯入侵的人。这本书结尾处，还记录了一些刚刚才开始的事件，它们则教会我们，这是一次共同的战斗，我们有共同的敌人。有一部分对中国漠不关心的美国工业家向日本出售武器，他们其实是在武装自己的敌人。

协约国如今知道，只有在中国建立起飞行设施，才能控制日本和周边海域。上个月美军参谋总部通过重庆的广播向55.5万名中国农民表达谢意，正是他们，才可能实现机场设施的修建——因为他们愿意提供自己的田地供政府使用。而日本则试图抢在这个计划前面，拉开一条从北方城市北平一

---

① 即钟毅（1901—1940），国民革命军第十一集团军爱国抗日将领。——译者注

直延伸到南方香港的巨大战线。中国的其他地区已经被日本人占领。他们有时候会发动突击，在烧毁城市和粮食之后再撤回来。人们每天都会回忆起德国法西斯作家埃德温[①]的小说《白与红之间》中，两个失望以至绝望的白军军官被迫与一败涂地的沙皇军队一起逃亡。在对红军的恐惧中踏上西伯利亚曾经的流放之路时，他们对彼此说："它来晚了，但它终究来了。"——"究竟是谁？"——"人间的正义。"

这种形式的正义——这种"人间的"正义，意味着人类的卓识。所谓卓识，在这里指的是抗日战争中的武器援助。中国的记者完全有资格这么写：中华民族在没有任何资金、没有大炮、没有机枪、没有医药的情况下，已经进行了多年艰苦的抗日战争。只要有武器援助，他们就能创造奇迹。

（陈丽竹 译）

[①] 埃德温（Edwin Erich Dwinger, 1898–1981）：德国作家，被视为民族主义和法西斯主义作家代表。——译者注

失散的儿子们

由于谭程立在20年前秘密地去了中国南方的红色根据地，因此共产党想找一个可靠的人收养并教育他的两个儿子。在谭程立教育群众和培养干部期间，老医生乔吉龄很乐意负起照顾两个孩子的责任。

共产党领导人很熟悉乔吉龄这个人，因为他曾经帮他们做过很多事情。而对毫不知情的当局来讲，他只是一位闷头在实验室和医院里工作的名医。

两个男孩还小。他们的母亲在生小儿子的时候去世了。他们刚刚开始认字，乔吉龄为他们请了一位老师。他不太忙的时候，也会给孩子们讲些知识和笑话。乔吉龄自己也有几个儿子，他的大儿子叫乔继良，也是个医生，和他关系最亲近。由于乔吉龄自觉身体衰弱，来日无多，但心里又放不下应尽的责任，于是便对大儿子讲了这两个陌生孩子的事情。乔继良便答应他，将两个孩子与自己的孩子一起抚养。

共产党从一开始就要为这两个孩子支付生活费和教育费，但是老人总是摇摇头笑着拒绝了。在他过世后，他儿子作为新监护人收到了这笔钱。为了以防万一，这笔钱是从国外寄来的。乔继良没有拒收这笔钱，也无法拒收这笔钱，因为他自己

根本不认识汇款人。

这期间,蒋介石秣马厉兵,准备和南方的红军决一死战。蒋介石手头不仅有钱、有武器和经验丰富的参谋团,还有愿意帮他、同时也为自己消除一切障碍的外国军官,其中主要是在一战中久经考验的德国军官。不过,中国工农红军还是凭借着一次神速转移摆脱了蒋介石对他们的围剿,并渡过长江开始万里长征。大批群众追随他们登上漫漫征途,因为他们不愿忍受即将到来的白色恐怖,也无法容忍丧失自由之痛。他们早就同毛泽东、同共产党、同红军生死与共了。

在向北行进的途中,所有人,无论男女老少,翻雪山,过森林,穿沙漠,一边战斗,一边学习。一路上既有新生命诞生,也有人死去。这些人抛弃自己的作坊和田地,放下工作,中断学业,舍弃犹豫不决的亲属,只带着武器、标语、歌声和简易的行李上路。两个男孩的父亲谭程立正是长征的负责人之一。

已故老医生的儿子乔继良,只从寄给他的钱中拿了一小部分用于两个孩子的教育,而剩下的大部分钱都被他存了起来。他觉得这是他应得的,因为父亲对钱财并不在意,所以他的遗产少了许多。人们到现在还都以为,乔继良同他父亲立场一致,并且会像后者一样深居简出,以便在暗地里更有效地帮助党组织。乔继良确实像他父亲一样深居简出,可是却从未暗中向党组织伸出过援手。当然,他也并不与党为敌,因为在那个年代,为敌为友对他来讲都是一桩没有把握的买卖,时事发展的结果如何,大多数人都心中没底。作为一个谨慎的人,他告诫自己:一切都还未定局。日本人已经占领了满洲和上海。

也许还要爆发战争呢？难道蒋介石能一直避而不战？

他隐约听说，如果谭程立，两个男孩的父亲，还活着的话，现在可能已经同红军精锐和逃难百姓到了一个遥不可及的地方。他完全不清楚，这些人是不是还在逃命，抑或是不是在哪里停了下来。这期间，他已辞退了父亲为孩子请的家庭教师。为了不让两个男孩同自己的孩子一起受教育，他将他们送到了自己庄园附近的学校里读书。

他有个朋友叫常聚飞，是个坚决拥护蒋介石的银行家。常聚飞认为，红军的逃跑既避免了过多流血，又省下了大笔金钱。而人们只有彻底铲除中国剩余的红色势力，才能认真考虑对日开战的事情，到时候，两个亚洲大国也就能共同寻找解决问题的方案了。常聚飞很健谈，乔继良也很乐意听他讲。一次，常聚飞到乡下做客，偶然间看到两个男孩从朋友身边跑过，乔继良便对朋友讲述了父亲留下的这份特殊的负担。常聚飞问他，为什么不摆脱掉这两个孩子？乔继良不得说，因为抚养教育费仍准时汇到他账上。此外，他心里认准了可能有人监视他对这两个小家伙的一举一动。要是把他们交了出去，或者以别的什么方式卸下了包袱，天知道他自己是不是会发生什么事呢？"你也看出来了，"他朋友说道，"这帮家伙仍拥有某种地下势力呢。"

这一年，乔继良被聘请到内地工作。他变卖家产后，常聚飞接手了他乡下的庄园。两个男孩再次从他身边跑过，他们看起来健康快乐，尽管年龄小的那个有些瘦弱。他们的样子惹恼了他。他是国民党坚定的盟友，因而也就坚定地与国民党的敌人为敌。况且，他早就因为一些银行业务而与政府那帮人成为

一条绳上的蚂蚱了。现在最简单的方法就是将两个小家伙交给当局，或者随便使个法子尽快甩掉他们。不过他内心深处仍有所保留，不是出于良心，而是因为害怕。这种害怕就像这个不可思议的、扎根于人民群众的组织给他的一种警告一样：他们并没有对孩子不管不问。他不确定是不是有人在监视他，也不确定是不是会遭到报复，尽管共产党已遭到禁止、排挤和迫害。因而他仅限于折磨戏弄这两个男孩，并以此为乐。

他不许他们再去学校学习，而是让他们当他的仆役。他们干的活繁重，还得不到休息。因而，那个年纪较小的男孩——立平又哭又吐血。陶生则长成了一个高大健壮的小伙子。他虽没有吐血，却会朝着可恶的老爷的脚印吐唾沫。

一次，常聚飞请客吃饭。两个孩子被使唤来使唤去。常聚飞就将他们俩指给朋友看，还一边大笑一边吹嘘。所有人都喝得酩酊大醉。一个老仆人虽面无表情，却仔细倾听着他们所有的话。尽管他不甚了解，但也明白他那可恶的老爷憎恨所有的赤色分子，其中尤其憎恨那两个孩子的父亲，因为他是个坚定的赤色分子。晚上，他把听到的内容讲给另一个仆役听，那个仆役也这么认为。

因此，第二天就有人对这两个孩子说："你们在这可能会被杀害。尤其是在常聚飞喝醉酒说出你们的来历后。"

他们很快找了个栖身之处，两个孩子便动身前往那户农家所在的村庄。他们在那里通过干活来抵掉他们的生活费。一天，当常聚飞想折磨他们取乐而问起他们时，有人就跟他编了个谎：弟弟病了，哥哥送他去草药店治病了。常聚飞便去了城里。几个星期后，当他回来时，便听说弟弟已经死了，哥哥也被传染了,现在命在旦夕。于是,他以为老天已替他找到了一个毫无风险的解决办法。

同两个孩子一起生活的那户农民冷漠且不友好。他们生活艰难,不仅食不果腹还忧虑重重,有一堆孩子却仍然人手不够。几天后,立平的身体就支撑不住了,陶生便恳求他们,让他把立平的那份活也干了,只求不要将立平赶走。他还说,在和父亲分别时,他发誓要照顾好弟弟的。他们的父亲就是谭程立。

老农民回答他说:"我们可不知道这人是谁,也从没听说过。不过我们理解你想照顾弟弟的心情。你要觉得自己够强壮的话,就试试吧。我们就算再好心也没法白白养着他,因为我们自己的粮食还不够吃的呢,这你也是知道的。我们欠那个该死的东家太多债了,就算再拼命也不够偿还一小部分本钱的,最多也就够个利息。"

当两个孩子躺在一起的时候,陶生安慰已病得站不起来的弟弟说,爸爸肯定会回来的,到时候一切就好了。

陶生以前经常嫉妒立平,因为立平生下来就身体柔弱而备受宠爱,还可以额外加餐。一家人还住在一起的时候,父亲成天忙得团团转,很少有时间照顾他们俩。现在,他们俩经常一起回忆起父亲的音容笑貌。陶生经常对自己重复父亲分别时对他说过的话:"要关心帮助弟弟。你知道孔融五岁让梨的故事。你帮立平的时候也要能让着他。别跟他吵架,要解释给他听,就像我对你一样。"

陶生现在很强壮,可以毫不费力地做弟弟那份活。可是立平还是很虚弱。有一次立平非要下地拖一捆柴火,却因此吐了

很多血，从此再也康复不了了。在接下来那个星期的某天晚上，陶生从地里回来躺到弟弟身边，却发现他早已身体冰凉，死去了。

一起住的农民们尽管因为生活变得冷漠，但他们内心深处还是善良温和的。他们和声和气地同陶生交谈，感受他的痛苦，也想安慰安慰他。只是怎么安慰他才好呢？他们无法为他做什么，但是陶生倒像是补偿一样为他们做了很多好事，因为他仍长期一人做两份活，就像还帮着弟弟一样。他以此麻痹自己的痛苦，并逐渐变得沉默寡言，让人琢磨不透。

一次，他和一个农民乘车去集市。当他在这座小城镇里看到文字听到对话时，心里突然为不知已忘掉多少知识而惊慌，他渴望重新学习。他还如此年轻，但坚强、勇敢又聪明。

这座小城镇里有许多印染厂和纺织厂。陶生拦住一位印染工人，想打听一下怎样才能在这里找到工作。他们彼此给对方留下了好印象。这位印染工理解陶生为什么渴望进城。

当他们再次去集市时，陶生便去了印染工人住宿的地方，找到了他那位熟人。第二天一早，他就要进工厂工作了。当熟悉了新工作，晚上不再感到筋疲力尽后，他重新拿起了笔和书本开始学习。

姓李的印染工人一家经常笑着围坐在他身边。当他给他们读些东西时，他们总是高兴地点头听着。

这座小城镇中的所有印染厂和纺织厂都归远方大城市里的几户大家族所有。这些享有名望与权力的家族还拥有仓库和商店。他们工厂的商标和布料鼎鼎有名。晚上，这户印染工人一家总是围坐在陶生身边，脸上和手上斑斑点点的红宝石色、金黄色和绿宝石色染料，深深地渗入了他们的肌肤。

他们慢慢喜欢上了陶生。他向他们敞开心扉，讲述他的经历，说出了他父亲的名字。可是这些印染工并不比农民们知道得多，不过他们相信他所讲的一切，即使他保证说，他父亲是最聪明最勇敢的人之一，那些老爷们都憎恨害怕他。他们又为什么不该相信他呢？他跟他们一起生活时就表现得很聪明很勇敢。他与他们分享一切，无论是工作、饥饿还是愤怒。

这户人家的一个朋友也是印染工人，这个陌生人同地下党保持着联系。就这样，一则消息慢慢地传入了一座大城市的共产党领导人的耳中：小城镇的印染工人住处出现了一个自称是谭程立儿子的小伙子。陶生仍一如既往地生活着，同印染工人分饭吃，在业余时间自学，不断上进。共产党领导人并没有像印染工人一样那么快相信这种说法，因为几乎所有与谭程立共事过的同志都分散在这片广阔的国土上。他们或已转入地下，或已被关押，有些则仍在长征的路上。

一次，这位友好的王姓印染工带了一个客人到李家。客人身材瘦削，看起来像是个店员。他同所有人都成了朋友。他知道许多游戏，又会讲笑话，连那些已经跟父母一样满身染料的大孩子们，也被他逗得又蹦又跳。这时，他的眼镜片总是因为满目笑意而闪闪发光。

他同陶生聊过天，有一次两人还单独在茶馆里碰面。几个星期后，当他第三次出现时为陶生带来了旅费，并告知陶生去南岭市，那里有一位名叫黄惠声的女士等着和他谈谈。

长征在两年后结束了。年轻的陕西省省长向红军打开了边界，将他们迎入省内。到达的人们全都喜极而泣。这世上没有

人能比他们经受更多的苦难,也没有人能比他们获取更多的力量。

陶生在这期间一下子长大了。他到印染工家的时候还是个果敢、忧郁的少年,现在他依旧健壮、果敢,却不再忧郁。他用刺激性的碱液搓去皮肤上斑斑点点的染料,准备遵照那个陌生客人的吩咐出发去南岭市。

受党组织的委托,黄惠声离开了自己所在的西部大城市,前往正好位于两人之间的南岭市。她要在那里搞清楚,陶生是否就是谭程立失散的儿子。

一些传言飘到了这个偏远的小城镇里。这些传言如同细小的沙粒,让人察觉不出到底是哪阵风暴将它们刮来的。在漫长的路途中,陶生急切地听着一切传到他身边的对话。传言越来越多,陶生在惴惴不安中到达了南岭。

由于黄惠声以前经常到他们家去,所以一看到她,尘封已久的回忆就接连浮现在陶生眼前:她曾经给他和弟弟送过礼物;给他们讲过童话故事;训斥过他们也安慰过他们。甚至小时候她教的歌都涌上了陶生喉头。

虽然黄惠声第一眼看到陶生时,并没有从这个健壮成熟的小伙子身上看到那个自己熟悉的孩子的身影,但她还是打消了疑虑。尽管并没有人帮助陶生,他还是长成了人们曾向他父亲保证的样子。

陶生不知道他父亲是不是马上会获知这些。不过,他获悉了一些之前在内地躲藏时无法得知的消息,还清楚了他与父亲长期分别的原因。在他心里,长征队伍的归来就等于父亲的归来。他是那么骄傲,那么高兴,就像所有知道这件事情的人一样。

陶生得到了一笔学费，也有了住宿的地方。他开始融入学生的生活中，如饥似渴地学习知识。他参加了大学生组织的强烈要求抗日的游行活动，向群众发表演说。由于遭到追捕，他只得偷偷地继续学业。

银行家常聚飞——那个将乔继良的庄园连谭程立两个儿子的监护权一同接管的家伙——在他的一堆信件里发现了一封信，上面写道："你同日本人做生意。为了敛钱，你那漂亮的长指甲不会嫌弃任何钱脏。你甚至将用于谭程立两个儿子教育的钱据为己有。当心点儿吧，你这个恶棍！"这封信让常聚飞又气又怕。当初他朋友警告自己小心他们暗中监视，果然很有道理啊！他自己当初以及现在的观点又是多么英明啊：一定得先铲除掉这些赤色分子，再考虑对日采取行动的事情。他又想了一遍：如果这一点做到了，那就不用跟日本人打仗了，两个亚洲超级大国就可以相互达成一致了。

对于蒋介石飞往西安这事，常聚飞很满意，因为蒋介石此行就是去督促军队消灭曾在南方从他手里溜走的红军。只是蒋介石却反而被关押了起来。那些有钱的银行家和大地主们为此拿出了一大笔赎金，日本人也拿出武器帮忙。可是让所有人都倍感震惊的是，蒋介石很快又被释放了。他同所有人都在这次事变中明白了一个道理：任何内战与抗日相比都是次要的。

1937年，日本人在又一次发动袭击后，获得了这样的回答："中国人民的耐心到了极限。"

陶生同所有大学生一起参了军。他不清楚父亲现在在哪里，只知道父亲所属的红军部队正在遥远的省份作战。

二战快结束时,日本军队深入中国。陶生和他的战友们同前线部队失去了联系。不过,他们彼此没有分散开来,而是驻扎在了敌人的后方。农民也加入了他们。他们一起保卫收成和村庄,炸桥梁,袭击日本人的火车。陶生学会了游击战,他边学边教。他们游击队的地盘慢慢壮大,并与其他游击队的地盘合而为一了。

陶生经常同参加过长征的战士们聚在一起,他们会跟他讲述那些曾经指导教育过他们的人。这时,他也会听到父亲的名字。每当行军到那些贴着画像标语的村庄时,他的心总是欢快地怦怦直跳。有一次,当他看到父亲的画像时,一下愣住了。他从未告诉过别人,"这是我爸爸"。通过特殊的亲戚关系来显示自己,这会让他羞愧的。他只是默默地感到骄傲。

蒋介石却还是老样子。他听从美国人和英国人的建议:在这场尽可能漫长而艰苦的战争中将日本人和共产党人一起拖垮。这也是他梦寐以求的事情。因此他根本不支援敌后的游击队,反而坐等敌人把他们消灭掉。不过,这却让他们更加紧密地团结在了一起,并且由于他们走到哪儿都公平分配土地、保卫粮食收成、在各村庄开设学校,老百姓都很信任他们。

日本在世界大战中败下阵来后,蒋介石立马挥师进攻人民军队。虽然他仍是老样子,人民群众却发生了翻天覆地的变化。他们再也不相信那些用来吓唬他们的鬼话。他们心里明白,要是他们原来的东家杀回来,又会夺走他们的土地、关闭学校。

陶生现在每天都在经历他父亲几年前在南方经历的事情。铁匠丢下了铁砧,农民丢下了犁,每个人都变成了战士。

这些年来，陶生受过几次伤，对此，他就像船员面对巨浪一样习惯了。

一次，一个姑娘照料他。这个姑娘从军前曾在城里教书。她感受到了他对知识的渴望，所以不等他伤势完全好转，就一边照料他一边教他。因为发烧而变得身体虚弱，也出于对姑娘的好感，陶生向她讲了自己父亲的事，而平时他对此只字不提，尽管他在这场战争中感到了一种未曾有过的亲密。那姑娘只是回答他说："我们都是兄弟姐妹。"

当陶生听说军队司令部就在附近时，偶尔会有到那里找父亲的想法。只是这个想法每次都会落空，因为不是他的驻地突然更换了，就是他父亲转移了。

后来，蒋介石只占据了一小块儿地盘，可他仍妄想以这座城市为据点发动决战，以改变内战的局势。

在这几个星期里，人民军队司令部与群众建立起了联系，以便让城市内部的群众起义配合军队进攻。当陶生被秘密带进带出时，满脑子都是即将到来的战斗，这场战斗势将加速战争的进程。

城市终于被攻克，蒋介石也逃跑了，他手下的士兵一部分投降了，一部分自愿投奔过来。整座城市准备举行盛大的庆祝活动。

谭程立也来了。主广场上早已汇集了迎接他到来的人们。在前往主席台的车上，有人告诉他，他儿子也在那里等着呢。他凝望了许久广场上的人们，也很快地会见了每一个上台的人。他听着介绍：这些人分别立下了怎样的汗马功劳，现在才有资格站在这个台子上。有人告诉他，哪个是他儿子以及他

为什么会出现在这里。

欢迎会过后,两人单独坐在了一起。陶生先是迟疑地、接着坦率和生动地讲述了他这些年的遭遇。少年时代的种种委屈被他轻描淡写一一带过。有一次,他还提到和父亲在家中度过的那段童年时光。他好像随身带着一座记忆宝库,里面装着对所有到过地点的回忆,并在他出发的起点再次打开它。

谭程立话不多,只是一直注视着他。陶生突然哭了起来。他喊道:"你现在知道我为什么不能照料弟弟了吧!"

谭程立说:"我很难过,但这不是你的错。"

他们又相对无言地坐了一会儿,一起思念着瘦弱但眼里总闪着欢快光芒的立平。他们甚至听到了他那逐渐消逝、却从未被这场残酷的战争所掩盖的童声,时而有些害怕,时而有些欢快、有些调皮。

街上开始热闹起来,烟花的光芒闪耀在墙上。一名军官走了进来,请谭程立进城参加庆祝活动,因为所有人都在等着他。谭程立同他一起出去了。当他到达时,陶生听到了人们爆发出的欢呼声。陶生又稍微等了一会儿。这么多年后独自待在这漆黑的屋子里,他仿佛第一次感到了些许宁静。然后,他也站起来走出屋子,进城去了。

(徐蔚 译)

纪念毛泽东延安讲话
（1942年5月23日）发表十周年
——为《星期日报》特约撰稿

每当和中国友人争论文艺问题时，无论这问题是中国独有，还是普遍存在，他们往往会引用"延安讲话"中的相关内容。他们有理由这样做：因为你想象不出，有什么问题是不能通过学习"延安讲话"得以明确的。所以，"延安讲话"发表十周年纪念日不单对中国文艺工作者，对我们所有人，都是一个重大的日子。

在我看来，"延安讲话"的内容与德国文艺工作者息息相关。我所指的，自然不只是生活在德意志民主共和国的文艺工作者，同样还有被非天然界限隔绝的西德作家和画家。为什么这样说？毛泽东同志的这段讲话发表于中国抗日战争时期，因此关系到所有高举反对日本帝国主义侵略旗帜的中国人民及其代表。他们来自不同阶层，共同建立了抗日民族统一战线，他们需要看书、看画和听音乐。"延安讲话"向所有文艺工作者提出了"为谁而创作？"的问题。答案是为工人、农民、士兵、城市小资产阶级和民族资产阶级而创作。这个问题所涉及的范

围让我们看到了两个国家文艺问题之间的联系。

毛泽东同志说:"我们讨论问题,应当从实际出发,不是从定义出发。"所以,每一位毛泽东理论的实践者都能运用理论解决日常工作遇到的各种问题。比如,文艺普及与文艺提高二者的关系问题。而我们德国的文艺工作者因为对文艺作品内容和形式的密切关系缺乏正确的认识,往往会陷入非此即彼的矛盾关系中。毛泽东同志针对文艺作品虽然内容正确、却未产生效果的原因展开论述。同时,他也让文艺工作者明白,内容正确永远是第一位。

"古代的文艺作品"和"自然形态的东西"之间同样存在密切的关系。这种密切关系不仅为中国的文艺工作者,同样也为全世界的文艺工作者指明了本民族过去的文艺作品、对其批判性的继承以及批判性地学习外国文艺作品的意义所在;也为我们指出那些产生于劳动中的"粗糙的、自然形态的东西"的价值所在。

"延安讲话"的内容不仅限于流行、热点话题和教育问题,它还阐释了文学艺术的重要性。文学艺术的重要性在于,它能起到比现实本身更大的作用,因为与实际生活中本质性的东西和日常现象杂糅并存的状态相比,文艺作品中反映出来的生活更典型,更有集中性。

我这里只是大致谈了几个德国作家都会关注的问题。对"延安讲话"真义的完全解读,相信任何一位中国朋友都做得比我好。我认为,我们对"延安讲话"探讨得还不够多,不够深。

"延安讲话"把马克思、恩格斯、列宁、斯大林还有苏联专家对文艺问题的论述与中国的实际相结合，中德两国的国情在某些方面有相似之处：两国各社会成员和社会阶层之间虽然差异明显，但都致力于实现国家结构上的统一。

在德意志民主共和国，已经有越来越多的民众在政策的鼓舞下参与到文化艺术活动中来。对文艺工作者来说，机会难得，责任重大！越是热爱文艺的人，感受就越深。

几年前，我有幸拜读毛泽东同志的讲话，它给予了我很大帮助。我认识到自己的某些错误，也曾经避免和正在避免犯下某些错误。毛泽东同志在"延安讲话"中提出"为谁而创作？"的问题，是我们每个人都要面对的。这篇振聋发聩的讲话谈到许多"主义"（比如：形式主义，超现实主义等）会犯错，它们很容易将讨论引向僵化的境地。这些"主义"只看到局部和目前，所以会且一定会犯错。

毛泽东同志的讲话对我们的和平主义运动具有重要意义。能学习和领会毛泽东同志的讲话，并将自己的理解运用到实际工作和生活中的文艺工作者，都是在为自由和和平服务。

（张丽 译）

为《在延安文艺座谈会上的讲话》德文版所写的后记[①]

中国艺术已有几千年的历史,它是中国人民思想与感情的伟大见证。世界各国都早已对它展开研究,并为之震惊。但是谁又知道,它是在什么样的基础上形成的,在孕育它的这片土地上究竟发生了什么?

如今,中国受到万众瞩目。自从中国人民的领袖毛泽东通过不屈斗争战胜了国内外敌人,中国就已经站在了现代历史的中心。今天,中华人民共和国已经成为太平洋和易北河之间所有民主国家的坚固堡垒。中国的文艺工作者们也参与了这座堡垒的建设。如果与他们探讨关于文艺工作者作用的问题——比如今天我们所有人都在思考的无数问题之一——他们大多就会引用"在延安文艺座谈会上的讲话"中的一段话来解释,就是今天终于摆在我们面前的这篇讲话。他们完全有理由这么做,因为毛泽东这位伟大的政治家同时也是诗人,他对我们所有的问题都给出了最好的回答。他的回答打破常规,没有空洞

[①] 该译文部分参考了张佩芬发表在1957年《文艺报》(第16期)上的节译。——译者注

的套话。

他是在什么情况下发表了这次延安讲话呢？他和他的同志们已经走过了如此伟大的征程，以至于普通人难以想象出他还会解决什么问题。

在孙中山推翻满清异族统治、提出著名的"三民主义"后，建立的中华民国似乎是一个进步的国家。但是，他的纲领却遭到了压制与篡改。国民党从广大群众的代表沦为统治阶级的工具。年纪轻轻就身居高位的蒋介石将军发动了北伐；人民群众一开始还相信，这是一场打倒封建统治者和军阀的解放战争。但到达上海之后，他便背弃了人民的希望和目标。他伙同旧封建势力和新资本家，发动了一场针对劳动人民的可怕的恐怖活动。工人和农民的命运仍未改变。虽然富裕的大地主们送自己的孩子去欧洲、美国接受教育，或者将他们送进中国的现代高校学习——但那些残酷的旧法则却依旧横行，农民依旧上不起学堂、喝不了井水、穿不起冬衣；如果他们交不起佃租或者没有服徭役，就会被戴上镣铐，或者被驱赶出这块土地。每次旱灾都会饿死数十万人。军阀还是和以前一样，做地主的保护伞。当蒋介石正在把那些坚定不移为解放而奋斗的人民战士赶往南方时，在长江以南诞生了中国第一批苏维埃区域。在那里，贫苦农民终于得到了自由、粮食和教育。

在这段时间里，日本帝国主义已经占领了满洲与上海。蒋介石放任日本人胡作非为，他的敌人并不是日本，而是民主。他组建了一支现代军队，不是为了对抗日本人，而是为了打击南方的苏维埃区域。为此，他聘来了泽克特。这位德国将军曾经因为邀请霍亨索伦家族的一位王子参观军演而被魏玛共

和国解雇。

当时，毛泽东和他的军队以机敏的行动逃脱了蒋介石的围剿。他和同志们开始了后来著名的长征。他们沿着中国的西部地带，翻高山、跨急流、穿草地，遭受各种死亡威胁。南方的一部分穷苦人民追随毛泽东同行，他们宁愿把未知的未来攥在自己手里，也不想再活在蒋介石的突袭之下。整整两年，他们与毛泽东和他的部队一起，同战同歌，忍饥挨饿，与红军们互相学习。这途中诞生了许多新生命，也有许多人长眠在路上。

最终达到北方时，他们喜极而泣，亲吻着大地。该区年轻的司令官为他们提供了容身之处。

蒋介石飞往西安总司令部，命令司令官和官员剿灭刚到达的共产党，但他反而被关押软禁起来了。以日本和美国为首的外国政府向他提供了援助和赎金。蒋介石很快被释放，他不得不同意向日本宣战。

随后的战争很快显示出，蒋介石并没有吸取教训。打仗时，他依靠的不是中国的爱国将士，而是美国顾问。他希望能在这次战争中达到他一直以来都没有达成的目的：消灭毛泽东的军队。他极尽所能，试图以绝粮逼迫被困在敌后的游击队投降，在其能力所及的地区迫害共产党员。而毛泽东的军队不论到哪里，都被当作人民的解放者，受到欢迎。每到一个地方，他们就帮忙收割庄稼，分配地主的土地，在村里建学校。现在人民都知道，以前被描述成魔鬼的毛泽东和他的士兵是些什么人。

对我们来说二战已经结束、日本也被击败时，毛泽东和他的同志们开始了解放中国人民的最后斗争。从长征开始一路走向未来，他们完成了几代人历史性的征程。这个民族以难以想象的勇敢，就在刚刚过去、还未消逝的几年中，为几千年的封建历史画上句号。如今，中国已经是一个建立两年多的人民共和国了。

1942年5月2日，在与日本作战期间，毛泽东召集作家和艺术家到延安共同商讨"如何打倒我们民族的敌人，完成民族解放的任务"。这些朋友们来自许多不同的地区，有从毛泽东的革命根据地来的，有从前线来的，有从被日本切断的后方地区来的。他们也来自不同的社会阵营。这些人中既有共产党员，也有对马克思主义一无所知或者不太了解的人。毛泽东和列宁一样，认为文学必须是"整个革命机器中的螺丝钉"。文学必须帮助人民同心协力打击敌人。毛泽东认为下列几个问题是这次座谈会要讨论的最主要的问题：立场问题，态度问题，工作对象，工作问题以及学习问题。

他以为"立场问题"就是全体作家应该站在哪个统一立场上的问题。他的回答是：应该站在从外国侵略和国内压迫下解放出来的人民大众的立场上。来参与这次会议的共产党员作家们还需要站在自己党的立场上。

"态度问题"，这就是对敌人和朋友的态度的问题。我们的敌人与朋友是谁？在全面抗日战争中，就要停止与统一战线的同盟者们论争吗？毛泽东说，正因为他们是我们统一战线中的同盟者，是我们的朋友，我们才可以而且必须和他们论争。这样我们才能更快、更好地达到共同的目的。

我们的工作对象是谁呢？那就是所有为反对帝国主义而战斗的人，所有跟随我们参加抗战的人。首先是工人、农民、兵士；在国民党政府一如既往地对大众实行文化封锁的后方，还包括大部分小资产阶级，教师、学生、职员；在毛泽东的根据地，共产党、人民政府和军队的骨干在我们的读者群众中发挥了重要作用。（当时，毛泽东领导的地区对书籍的需求量已远远超过此前任何时候的全中国，也超过了当时最多能印几千册的大后方。仅延安根据地主力地区就有超过1万读者。）

不只是那些能读书和看报的人，所有不识字的人也都需要戏剧、音乐与歌曲。

"工作问题"。作家应如何创造出影响和感染读者的作品来呢？单单依靠观察是绝对不够的。他必须了解人民，他必须熟悉人民。人民的愿望必须完全是他自己的愿望。只有这样，"大众化"才不再是一个空洞的概念。毛泽东把这个人民大众与文艺工作者融为一体的必要过程称为"长期的甚至是痛苦的磨练"。

"学习问题"。像任何革命者一样，文艺工作者首先必须熟悉马克思列宁主义的立场观点。按照这种观点，客观事实是主观想象的基础。最重要的是，他必须知道，是什么决定了他的思想和情感。

中国现代文学开始于1919年的五四文学运动。"中国的高尔基"鲁迅开启了知识分子反对封建主义的斗争。这绝不是一次"形式"上的斗争。大学生、城市小资产阶级、知识分子都举行游行示威，反对内外压迫。他们再也不愿用人民大众所不能理解的封建老套语言来表达自己了。

从五四运动到1942年5月召开的延安文艺座谈会，已经过去了23年。毛泽东在会议结尾强调了若干问题，我们在此只能选出几个进行说明。看得出来，许多问题与我们德国存在的问题相似。毛泽东在延安文艺座谈会上指出："我们讨论问题，应当从实际出发，不是从定义出发。"我们也应从这句话中得出适用于我们自己的结论。我们不能够——就像许多人常常易犯的那样——机械照搬外国的情况，套用到我们的实际运用当中。我们必须运用它们的观念和思想。

毛泽东是一个马克思主义者，所以他按照既有事实，而非字典上对文学艺术的定义，来确定路线和方法。

他认为问题的核心在于：我们的文学为谁服务，怎么服务？

或许在德国，我们所有人都像当时延安文艺座谈会的听众一样，认为自己对"为什么目的而写、为什么人而写"清楚得不能再清楚了。但是在学习"延安讲话"的过程中，我们必须彻底解决这个问题。

参加延安文艺座谈会的大部分作家出身于小资产阶级，因为大部分中国普通群众都是文盲。"一些文艺工作者的灵魂深处还是一个小资产阶级知识分子的王国"，尽管"我们队伍中没有一个人把工农兵群众看得比小资产阶级知识分子还不重要的"。当然，在工人和农民中也有小资产阶级的残余。作家必须理解并表达出来，他们因何负债：这是压迫、剥削和封建统治留下的恶果。

在我们德意志民主共和国，许多人也在研究这样的问题：创作水平需要普及还是提高？毛泽东指出了两者间密切的关

系。(很明显,普及是最为必要的)他说:"提高要有一个基础。比如一桶水,不是从地上去提高,难道是从空中去提高吗?那么所谓文艺的提高,是在什么基础上去提高呢?"

在毛泽东的解释中,一件艺术作品的内容与形式并非不可兼得。正确的内容是最根本的,但如果没有符合内容的形式,也不能成为一件真正的艺术作品。

有时,一件好的艺术作品会比现实本身起到更大的作用,因为它以凝练的方式重现了重要的东西——那些在日常生活中被上千琐事所淹没的重要的东西。这样它就能为人民群众服务,它就能推动历史前进。

在回答"经典文艺还是粗糙文艺"这个问题时也是同样的情况。"革命的文艺,则是人民生活在革命作家头脑中的反映的产物。"作家应该从哪里学习呢?他要从他所积极参与的生活中学习。否则苏联文学中怎么会出现这么多杰作呢?作家还要彻底而批判地研究本国文化遗产和欧洲艺术作品。经典作品与生活不同,它并非创作源泉,也不同于劳动过程中不加修饰创造出来的粗糙的、即兴的文学。经典作品应该说是文学创作的流,而不是源。

毛泽东这一段讲话对新一代和老一辈的作家都很有用。新一代的作家可以学习到,为什么有些艺术作品塑造得感人至深。而老一辈的作家也可以学习到,那些粗糙的、即兴的作品所体现的、无法代替的价值意义。至于批评家,则会意识到这两方面的问题。

我们批判的尺度是什么呢?当然,政治正确的内容是最基本的。但同时我们还须将作家的写作动机和作品的社会反响区别开来。意识形态正确的内容可能不会有效果。就好像评价一位医生的医术，不是根据他的药方，而是根据药方的效果。"内容愈反动的作品而又愈带艺术性，就愈能毒害人民。"

诚然，文艺工作者要学习马克思列宁主义的理论。但政治绝不等于艺术，普遍的世界观也绝不等于艺术创作的方法论。将教条公式套在艺术塑造上，不但破坏艺术的感知，而且还破坏了马克思主义。因为没有什么是比陷入教条的马克思主义更反马克思主义的了。马克思主义正在摧毁而且必须摧毁的，并非艺术性的情感，而是封建的、资产阶级的、贵族式的以及颓废的创作情绪。要是有人认为这种情绪是艺术的，那么就更应该彻底地破坏它们，由此才能建立起新的东西。

"谁要是慢慢地、彻底地读一遍这个'讲话'，一定会发现他以前所不知道的、但希望知道的许多问题。谁要是把它读了两三遍，就会得到所有问题的正确答案。"毛泽东的听众们来自五湖四海。毛泽东坚定地肯定了这个问题，他的表述为全体人民所理解，而这个民族正在奋斗中不断壮大。

毛泽东和他的人民一起，为结束战争，为统一祖国，为孕育于民主与自由中的和平而奋斗。而我们则为了反对可能爆发的战争，为了建立一个统一、和平、民主的德国而奋斗。这篇讲话不仅包含了中国文艺工作者最重要的信条，它还帮助了我们所有人。

（张帆 译）

中国人民赢得和平[1]

亲爱的朋友们：

我很乐意为你们讲述此次中国之行中的点点滴滴，比如我的印象、所学到的知识还有对工作的巨大热情。可是，我只能从我的记录中选取与我们最息息相关的一小段内容来讲，那就是在中国进行的和平运动。

我们受伟大的中国人民组织的邀请，作为人民共和国、德意志民主共和国和亚洲其他政治制度国家的相应组织的代表前往中国。

这个伟大民族关心的所有事情、中国国旗上五颗星星的所有含义，都能在中国的这些人民组织中，在4.75亿人民中得以体现。这五颗星星中，四颗小星星分别代表了工人阶级、农民阶级、小资产阶级和民族资产阶级，它们围绕着第五颗大星星则表示他们团结在共产党的周围。

举些例子来说明一下：现在新中国的公民可以是以前由外国资本家掌控的机械厂的工人；可以是以前没有地、但在土地改革和兴修水利运动中摆脱了饥饿的雇农；可以是自给自足不

---

[1] 本文由记录整理而成。——译者注

用为耕地发愁的中农；可以是在几千年的封建婚姻制度下毫无地位的家庭妇女，她们在妇联的帮助下读书识字或是解决家庭问题；可以是小商店的老板；还可以是为躲避日本人带着财产搬往印度首都的工厂主，他们在中国人民继明朝之后再次完成大一统时又搬了回来。人人都有一席之地，通过那些符合自己思想和生活状态的组织，人人都能成为社会的一分子。这些组织包括工会、妇女团体、艺术家协会或者和平组织。

我们每到一个村庄或城市，都能切身感受到这里的和平运动。如何感受到呢？我们现在先来听听一些现身说法。

我们在这个村里参加了一个庆祝土地改革圆满结束的活动。为了土改，许多大学生和各年龄段知识分子成群结队奔赴农村，一待就是几个月。通过这种方式，城市和农村间的联系得到了加强，年轻一代的知识分子也熟悉了农村生活。尽管中国85%的人口都是农民，但是这之前，知识分子对农村生活却一无所知。在村里的庆祝活动上，人们烧掉旧地契，分发代表拥有土地永久使用权的新凭证。每个人在台上都会先朝村委会和毛泽东的画像鞠一躬，然后再领取新凭证。庆祝活动的负责人在向全村发表讲话时这样说道：

我们以前从未想过能过上这样的生活。为了让旧日子不再卷土重来，为了让敌人不再从我们这儿夺走东西，我们要投身到打倒美帝国主义、支援朝鲜的运动中去。我们减少每日的开支，捐出收成。只有我们支援了朝鲜，才能挽救和平。帮助朝鲜就是帮助我们自己。

这个农民是怎样理解这些话的？他也许从未学过识字，也许只在为男女老幼新建的乡村学校里学过一点儿。他现在终于吃得饱饭，冬天有棉袄穿，有屋住了；而以前，只有地主才有足够的屋子和棉袄。他再也不用向东家上缴绝大部分的劳动果实；国家借钱给他修井，这样水就能流到他的地里，而经过灌溉的地则能一年两熟。以前他盼着好收成的时候，河流曾冲走他仅有的一点儿收成；而今一项大工程正在进行：人们在附近的河流上拦河筑坝。

这样的新生活让他觉得很幸福。村子里到处都是欢呼庆祝声。这时却传来消息：边境外再次爆发了一场新的、可怕的战争。炸弹甚至已经落到了中国的边境地带上。曾经在中国城里拥有商店、工厂和银行的美国人和他们的同伙国民党人大发雷霆，因为他们眼看着自己的利益不复存在。他们可不希望中国的孩子们可以学习和歌唱，他们只想让孩子们像两年前一样受冷挨饿，这样一来，中国的劳动人民就只能无奈地为本国和外国的东家们做牛做马。

邻村的两个小伙子报名参加志愿军前往朝鲜。四个月后他们回到了家乡，其中一个受了伤。他们讲述了自己的见闻：美国人就像日本人一样残暴无度。在美国人到来前，朝鲜人民也开始过上富足的生活。可是美国人打着联合国维护和平的旗号登陆朝鲜，实际干的却是放火烧杀的勾当。

一名南京的志愿军讲述道：

我们乘火车来到了朝鲜。那里已成为一片废墟。我们看到死在母亲怀里的孩子，看到一位已失去六个孩子的母亲……我们现在才明白，美国侵略者就跟日本侵略者一样。

尽管中国农民自己过得也不宽裕，可他们仍倾其所有支援朝鲜。因为与别人抛头颅洒热血相比，这实在算不上什么。美国人必须滚出东亚。他们一直没有承认拥有4.75亿人口的中华人民共和国，因为这个中国不愿被剥削、不愿被歧视。

我们还去了其他几个村庄。一个村庄里的人是这样说的：

我们已经完成了土地改革的任务，现在面临着一些新任务：我们要保护自己，抵御美国人可能发动的进攻；收复台湾；组织人民群众，保卫大家取得的成果；加强生产，实现丰收；在所有村庄里开设学校；在所有村庄里召开农民大会，巩固人民共和国。我们还要好好学习研究，以便将我国改造成社会主义国家。

通过这些例子，你们已经可以看出，在中国进行的争取和平的斗争是怎么一回事了。中国人民为和平永驻而战，为本国来之不易的和平而战，同时也为东亚和平的到来而战，为朝鲜战争的结束而战。

和平委员会的主席跟我们提到了以下一些主要任务：

我们尽可能将所有人纳入人民组织以保卫和平；继续开展运动来支持《五国和约》；为反对美国战争贩子重新武装日本而斗争；支援朝鲜；在乡下召开批判美帝国主义和战争威胁的批斗大会……

在解放的过程中，中国所有村庄内都掀起了一股批斗地主的潮流。农民们纷纷讲述地主曾经给他们带来的种种不幸和痛苦，从抢夺土地到秤砣作假，从自己无力还债而被迫做奴隶服徭役到地主的种种暴行。人们之前在乡村大会上怎样控诉地主的罪过，现在就怎样在反对战争的批斗大会上批判这些帝国主义分子犯下的罪行。人们还讲起日本占领时期的可怕回忆，从朝鲜归国的志愿军则讲述朝鲜的情况。

城里纺织厂的一名工人对我们说：

中华人民共和国成立前，敌人企图破坏我们的机器，可是工人们挫败了他们所有的阴谋。后来帝国主义者就投来了炸弹。我们再一次保卫了自己的工厂。现在解放了，我们更是抓紧生产，就是为了保卫我们的胜利果实，维护和平。我们所有人都参加到反侵略的斗争中，节省下每日的工资，攒在一起支援朝鲜。

在我们回北京的火车上，有一队由医生和护士组成的医疗队，他们正要赶赴朝鲜。下面是其中一位医生说的话：

人民解放军到来时，我在南京一家医院当医生。我们照料人民解放军的战士们。他们希望赶紧康复，然后继续为解放而战斗。这个愿望深深地激励了我。他们说，在国家其他地方都解放之前要一直战斗下去，这句话始终萦绕在我耳畔。我在治愈他们的同时也被他们的激情感染。我曾目睹了国家在最终解放后发生的翻天覆地的变化，但是正当我们民族崛起时，美帝国主义却重新威胁到了东亚刚刚获得的和平。这就是我现在为什么前往朝鲜的原因……

朝鲜战争是反对美国侵略的战争,是争取家乡和平、东亚和平以及全世界和平的战争。它还是为了获得好收成、建造河堤大坝、提高工厂生产以及保护学校和艺术的战争。中国的和平战士们就是这样看待他们的任务。

与志愿军的告别,让经历过送别西班牙反法西斯国际纵队的人回想起了当年的场景。对于那些优秀的年轻人来说,为和平与自由而战就像参加庆典。可是那些来自各国的最优秀的年轻人们只能秘密地绕道前往西班牙,因为资本主义国家的政府竭尽所能来掩盖西班牙战争的真实原因和可能后果。他们干涉西班牙,从而奏响新一轮世界大战序曲,但这件事不能让民众知晓;表面上为保卫西欧和平而采取的不干涉政策不过是他们欺骗民众的说辞。

在中国,情况却完全不同。中国人民志愿军可以放心大胆地公开支持朝鲜。中华人民共和国政府也不向人民隐瞒美国对朝战争会给他们带来的威胁。

美帝国主义在日本和西德培养法西斯势力,在东亚和西欧依仗反动派和军队来延续它的统治,镇压民族解放运动。

在中国,人们有着强烈的民族意识和对祖国的责任感。

不依赖帝国主义,重新建设国家,尽可能又快又多地学习。用丰收和多产支援朝鲜和朝鲜人民。在众多农舍里,我们看到了一份名为《爱国承诺书》的文件。它通常是固定在墙上或门上的一张纸条,上面写着一户家庭根据自身的想法、性质

和实际情况制定的应尽义务。这种纸条上的内容既非一成不变，也不是官方规定。

这户人家不久前还没有自己的土地，现在他们不仅有地，还同其他三户人家共有一头耕地用的水牛。在他家矮小的茅屋中，有一张配有图案的《爱国承诺书》，内容如下：多生产15%；捐出总价值达4万元的其他产品支援朝鲜；准时向政府缴纳，不容拖延；粮食要晒干；要与歹徒和革命破坏分子做斗争；尽全力为人民服务。

在某个镇上，有一张纸条则写着：保持院落干净整洁；邻里和睦；提高商店的营业额；捐出10%支援朝鲜。这个数目大概在几天后被划掉并再次提高。

当载着我们欧洲人的船驶过这座桥时，一位年轻的工人在桥上喊道："斯大林—毛泽东！"他明白：从欧洲到这来的人都是政府的客人和朋友。他热爱他的政府，所以朋友的朋友就是自己的朋友。

而就在几年前，中国人被外国人的傲慢和剥削深深折磨，无论年老还是年轻，他们都会用怀疑和仇恨的眼光打量外国人。

我们大概这辈子，哪怕是在国际儿童节的文艺演出上，都没有像在中国农村的少年先锋队日时一般，看到过数以千计之多的孩子们朝气蓬勃地坐在一起，我们也从未如那天一样拉过如此多孩子的手。寺庙内和饰有佛教岩画的古老而神圣的岩洞里挤满了幸福的孩子们，他们戴着红领巾，眨着欢快又明亮的眼睛。

毛泽东和他的战友们，同党和军队一起创造出伟大的解放业绩。许多世纪才能有的历史、经验和牺牲都汇集在了这几十年里：长江以南成立了第一批苏维埃根据地、长征、日本人侵略中国、持久而艰苦的抗日战争、人民解放军同蒋介石的斗争、两年前取得解放战争胜利并成立中华人民共和国、长期的建设工程以及支援朝鲜。这一切都是中华民族力量的展现。

　　无论我们经历过怎样的苦难，我们都是同一代人。我们这代人见证了人类有史以来最伟大的思想变为现实。这是天大的幸运。同时它也赋予了我们一项巨大的任务：那就是为和平而战。

（张帆 译）

两封关于中国的信

第一封信(关于文学问题)

我亲爱的朋友!

　　你在这张邮票上看到了一位男士的照片,他叫鲁迅。他常被称为"中国的高尔基",于中日战争爆发的那一年逝世。①邮票上的汉字如下:

　　　　横眉冷对千夫指,俯首甘为孺子牛。

　　逝者的一位朋友曾告诉我,毛泽东尤其钟爱这两句诗。
　　中国的水牛,据我所知,是指农民的水牛。那是一种强健有力、但性情温顺的动物。我们可从故事与照片中了解到它。当我第一次得以近距离地观察一头水牛时,内心是喜悦的。它躺卧在村舍前,似乎昨天才从史前时代来到这里,同时它的力量与平静又不禁令人萌生信任,上千年的驯养犹如在

---

　　① 事实上,鲁迅逝世于1936年,第二次中日战争全面爆发于1937年。——译者注

一夜之间完成。一个孩童笨拙地绕着它转圈,水牛安静地注视着他。

一份自愿背负起的重担,会像水牛驮起孩童一样令人不觉得有多么重,这重担便是人民群众本身。

鲁迅是1919年五四运动的领军主将。每次中国人给我们讲授现代文学的发展时,都会强调这个日子。因为在这一天,大多小资产阶级出身的青年知识分子、大学生、教师以及记者,与聚集起来的游行队伍,共同影响了他们国家的命运。

在此之前,中国艺术与文学的内容和形式尚遵循封建礼教。艺术与文学不被人民大众所理解,他们的思想和生存与上层社会少数人的生活之间伫立着高耸的障碍之墙。自1919年的五四运动以来,中国最杰出的作家尝试用人民群众的语言书写。他们与旧形式的割裂是不"合乎常规的",这种割裂既体现在街头巷尾的游行中,又落于纸上,是同曾经密不可分的封建主义与现代资本主义的真正割裂,于是,封建主义与资本主义疯狂地予以镇压。

鲁迅深受中国青年知识分子的爱戴,他在整个亚洲都备受尊崇。拉宾德拉纳特·泰戈尔曾同他会面,他的作品被译成欧洲语言。他本人也会讲外语,曾与列宁和高尔基通信。由于他的巨大声誉,蒋介石恨不得将他监禁起来。在中国局势愈渐紧张之际(日本占领了上海与满洲,蒋介石没有选择抵御外敌,而是在国家内部对共产党人进行迫害),鲁迅中断了学业,放下了过去的工作。他想出一种新的创作手法,借以表述他认为重要的事件。他创作出一种短小精悍、言辞锋利的政治杂文,其素材取自于日常的重要事变。他抨击封建制度与帝国主义,他令国民党特务颜面尽失。我希望不日能有人翻译并评判这些杂文,俄文版本已经问世。

"正如1942年我们的毛泽东主席在延安文艺座谈会上的讲话……"在回答我们所提出的一百问时,中国文艺工作者的耐心解答中总会反复出现这句说明。这句话究竟与所提问题何干?所有这些问题都是你自己提出的,是所有国家每一位为其职业着迷的文艺工作者都会不断抛出的问题。但在位于易北河与太平洋之间的民主国家里,这些问题还有一个特殊的含义。也不算特殊,因为这些问题在其他地方没有这么严肃。也不能说不严肃,因为在这里,正确的答案将很快在上千种劳动及一切生活领域中发挥作用。因为在这里,任何一个通过艺术手法表达出来的想法都会很快被上百万人所理解和确定,下意识地或无意识地,影响着他们的想法与行为。这意味着什么,你来了便知道。西蒙诺夫[①]曾在这里做过一次报告,他在报告

[①] 西蒙诺夫(1915—1979),前苏联小说家、诗人、剧作家。——译者注

中说："如果上百万人都接受了同一件文艺作品，这个事实也向我们提出了全新的艺术问题。"（他的"问题"不仅意味着政治问题，因为这是毋庸置疑的，他的"问题"还涉及表现手法及形式上的问题。）

一个有着4.75亿人口的民族，其中绝大多数人两年前开始学习阅读和写字，这意味着什么，只有亲眼见过的人才能差不多了解。我说的是"差不多"，因为如果仅凭知晓政策就声称完全了解人们身上发生的变化，那是不准确的。中学生放学后会赶往街道学校，他们是为村里的老农民授课的"小教师"，一位曾经的苦力第一次拿出薪水中的一部分买了本书，若是看到过这些年幼而粗糙的脸庞与苦力那张智慧又略显庄重的面容，那么就会了解，一个广博的世界如今正展现在他们眼前。需要多少鲜血与牺牲、多少智慧与坚定，才终于让他走进学校！如果刻苦读书，他需要三到六个月的学习才能读懂一篇简单的文章。农民报刊与简单读物也已经出现，这些读物上只刊印了最少数量的汉字。

学会了识字，文字的内容、通过艺术方式传递的思想以及那个被再现的微缩世界都呈现在他面前。你本身越是热爱艺术，便越是能体会这件事的不同寻常。对于这位文艺工作者而言，这是怎样的一个机会，又是怎样的一份责任！这样的一个人不仅会对作家群体产生所有民族的青年都会产生的那种期待：荆棘之路上的建议、帮助和力量。在经历了几个世纪的苦难与被迫的无知后，他的期望更高，也更加热切。

几年前我在国外读到了毛泽东的这篇讲话，对我个人帮助很大。不仅使我意识到曾犯下的诸多错误，也避免了一些本会

反复犯、其中一部分很可能还会一直犯的错误。如果延安的这次讲话以德语的形式在我们这里传播，就需要能将它非常清楚地讲明白的人来引导。字面的、纯机械式的翻译与意义内涵的传递之间存在区别，故而讲话中论及的指导思想不能直接应用于我们的境况。必须传达出思想的含义。在这里，人们在高度发展的资本主义制度下早已学习过阅读与写字。他们接受了八年的义务教育，但服务于帝国主义的众多作家和书籍，助长了人们对那些我们心知肚明的事件的备战情绪，这些事件即是希特勒—法西斯主义与战争。

你也许会问我：毛泽东十年前在延安发表的讲话又是如何帮助到你的？

这次讲话中，在我们国家扮演着重要角色的"主义们"鲜少出现，其中形式主义及此类概念只在几处提及。针对文艺工作者的问题主要围绕：你为谁而写作？以及，你自己又是谁？

"我们讨论问题，应当从实际出发，不是从定义出发。"

在讲话发表的年代，文艺工作者出身于资产阶级，尤其是小资产阶级，就他们所受的教育而言也不可能出自其他的社会阶层。而他们的人民群众：所有人都是抵抗日本帝国主义的主力军，主要是工人、农民和士兵。一大部分小资产阶级，也是民族资产阶级。你从这一解释中即可发现其中与我们本国形势的相似之处。

我们所有人大概都料想得到十年前延安听众的心理活动：我们无比清楚是出于什么目的和为哪些人而写作。首先，如果我们被迫重新探讨并彻底解决这个问题的话，我们自然也会理解其中产生的其他问题。我无法在这里向你概括毛泽东讲话的内容。你一定要去读这篇讲话。你可以在里面找到日常生活中遇到的那些问题的答案。

水平的普及与提高之间的联系是什么？两者之间关系紧密——尽管普及有着直接的必要性。也并非两者二选其一，而是文艺作品的内容与形式需紧密结合。内容的正确性是首要的，而没有与内容相匹配的形式就谈不上真正的文艺作品。即使内容的逻辑是正确的，其影响亦是大打折扣，毛泽东深入研究了其中可能的症结所在。

这个问题的解决办法中存在着相同的关联性：经典文学与"粗糙"文学，后者恰如其名，是指浅显易懂的、针对初级读者的文学。作家要从哪里汲取养料？作家要满腔热血地投入到生活的战斗中，并从生活中获取养料。不仅是持续地，或是以观察者的身份不断为艺术作品添砖加瓦，还要以写作的方式同战斗融为一体。不然，苏联文学中的伟大作品又是如何产生的？作家从一切可能的地方汲取养分，从欧洲的文艺作品中，从自己民族的文化遗产中。但这些经典的文艺作品却并非如人民的生活和诞生于劳动中、生硬而不加修饰的"粗糙"文学那样可以成为文艺创作的"源泉"。它们不是"源"，而是"流"。作家不会机械地生搬硬套，而是批判地接受这些文艺作品。

我们的作家朋友曾对我们讲述："我们一直都在四处奔走，过去我们要抗日，如今要农业改革。我们在乡村的广场上向农民们解释这个改革，也同干部们一起伏案桌前。我们帮忙拦河筑坝，也会去朝鲜做志愿者。我们的政府不仅关心作家群体，也十分关注作家的作品。毛泽东在报刊中读到一篇文章，隔天

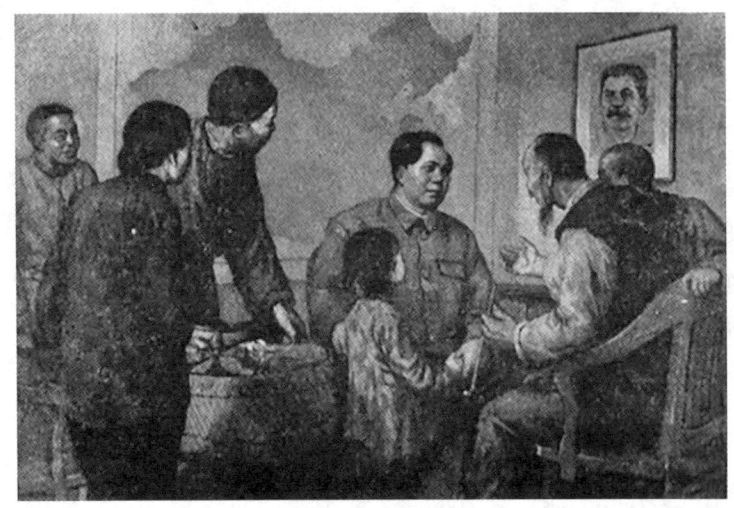

李仲景（中国）赠予毛泽东的礼物[①]

便叫来了作者。一位部长在一部中篇小说中发现了令其称奇与兴奋之处，便希望能与小说作者就此攀谈一番。就这样，我们政府的工作人员逐渐关注起一些评论界鲜少触及的书籍。"

我们在谈话中提到了"形式主义"这个概念：一部空洞的、没有真正内容的艺术作品是如何产生的？就像被"去内容化"了？难道形式已不再是内容的表达？老百姓的世界因何又为何变得空洞，这些言之无物、抽象的东西因何又为何被惧怕新式内容的帝国主义所利用？

在同中国朋友的谈话中还有一点需要提及，在我看来，这是我们所忽视的一点：

"如果一个人学到了一些职业上的技巧，但却没能获得同

---

① 德文原著中，"李仲景（中国）"几字比后面的字"赠予毛泽东的礼物"要小。李仲景或为图片的绘画者。——译者注

等程度的生活经验，那么'形式主义'也就可能出现。生活不断发生着变化。作家运用此刻学到的手法不断重复地表现同一个东西。但此物早非彼物，因为今日的生活已不同往日。尽管他使用的是正确的概念，但他不再懂得如何重新运用到已变了样的现实生活中。对于他应该表现的生活，作家自己是不可能再体验到了。"

我在《新批评》中读到过这句话："形式主义被赶出了门，却又从窗户进来了。"

现在想来，这位法国朋友当时便已得出了这个结论。

继毛泽东的讲话之后，这些作家朋友曾在中国说：

"我们如何找到正确的方法？通过生活经验。也就是说，通过参加民族斗争，即通过正确的参与，而不只是旁观。——通过正确的思考，也就是说，通过正确的分析，由此一来，也能使我们的经验渐趋丰富与成熟，总能在话题选择上切中要害，并对涵盖其中的问题做出解答。——通过良好的专业技术知识。——通过对马克思主义学说，以及我国与他国文化作品，特别是苏联文化作品的系统学习。我们的共和国尚且非常年轻。它在不断成长，我们也在不断成长。"

中国有着两千多年的文化及艺术史。它闻名于世之时便已令全世界的文艺工作者为之感奋。这篇延安讲话意义重大，不仅仅对于中国的文艺工作者而言。这个伟人身上彰显着力量，其人民因这力量而自由，也为众作家指明了他们在解放战争中所肩负的使命。

（陈悦 译）

第二封信(关于戏剧问题)

毋庸置疑,脱离人民大众的艺术是不可想象的,两者之间的关系恰如苗圃与方便的水源之于花园。来自民间的故事,如童话、传奇和传说中的动人情节犹如地下水源般不断涌入到艺术创作中。

戏剧在中国具有深远意义。一位中国友人曾说:"一切戏剧皆源自人民。"被称作"京剧"的戏曲艺术以舞、乐、歌等方式演绎传说与故事中的片段。若说不经准备初次观赏京剧的欧洲人能立解其味,这是妄下定论。艺术家们或许很快便被其吸引,但这并不意味着他们能轻松地看懂京剧,而个中缘由不仅在于语言的不同。

我想给你说说我的亲身体会:我对京剧的外在形式和艳丽色彩深感着迷,对演员从身体到指尖的各式动作百看不厌。配乐和唱腔都令我感到新奇与激动。但是当我看向其他观众时,却顿感惭愧。他们由内而外传递出一种与我不同的感受,那是一种发自内心的激动。

我眼中的新奇、甚至神奇之处,于我身边的观众而言,却别有一番深意。我因自己难解其意而感到懊丧。

后来几次观看京剧时,我通过同伴的讲解以及自己的观察,逐渐懂得了各种手势的含义:一个手部动作表示开门,一盏烛台表明此刻天色已晚,一根策棍代表骑马,一块锯齿形布料用来代替要塞城墙,而一张桌子就是一座高山。凡此种种,一切复杂的舞台布景都能找到替代之物,因为所有场景都在观众的想象力中迅速转换。

看到这些不同颜色的程式化脸谱,你可能会想到木偶剧或古希腊罗马时期的戏剧。演员在表演古希腊悲剧时戴着面具,观众的想象力却没有被禁锢,而是得到无限延伸。因为这些面具赋予了角色神性或英雄气概,观众一看便知,出现在台上的是位天神或者英雄。

我还想起那位著名的莫斯科木偶表演艺术家,他曾给我们讲道:"我做演员时,经常用木偶表演一些我自己也不甚理解的,比如莎士比亚戏剧中的场景。但我能抓住某种典型特征,这种性格中的典型特征摆脱了演员个体身上所固有的随意性。"

有一场京戏讲了这样一个故事:某国兵败,公主应允与敌国和亲,以拯救自己的国家。她与敌国使节一道骑马来到鞑靼境内。大婚之后,她便自尽身亡。

这部悲剧的基本素材在古典与现代戏剧中都并不罕见(如拉辛的《昂朵马格》)。但这一为许多民族所熟知的主题在京剧中是如何被展现的呢?数米长的舞台上,观众只看见无休无止的舞蹈般的骑马动作,事实上既没有马,也没有舞台布景。一段带有悲剧性与英雄气概的骑行,一场极尽变化、扣人心弦的舞蹈,敌国边城要塞终于出现在眼前——其实是两手间的一块布料——而熟悉这一传说的观众能感受到,队伍是历经长途跋涉才到达了目的地。

为何那么多人都知晓这些程式与脸谱的含义?

我在一家百货商店买了一小盒京剧脸谱,送给孩子当玩具。

一个朋友向我解释了这些脸谱的含义:这张表示对君与师忠义坦诚,那张代表传说中为国而战的勇将,勾画蓝色条纹的

是一位抗击宋国的民族英雄,红脸的则是一位忠诚正直之士。

为何许多人都熟悉那些宋朝的英雄故事,而其中多数人甚至目不识丁?他们是如何通过无声的暗示理解舞台上的种种关联的?

这是因为,被描述的情节早在孩提时代就已通过长辈的讲述刻入他们的脑海,而长辈们在年轻时也听的是同样的故事。从前,城里的说书人身边围满了听众;如今,说书者已被书籍所取代。

在旧时代,说书人与杂耍艺人展现了中国城市的样貌。他们为百姓困苦的生活带来些许调剂,而他们自身也同样困苦,常靠施舍救济度日。新中国解救了无数杂耍家庭,使他们脱离了悲苦的境地。他们由工会组织起来,成为杂技演员,就像我们那里一样。他们还获得了到职业学校学习的机会。于是,数百年来只能逗乐路人的技艺变成了一种职业。这门艺术充分体现了劳动人民的幽默睿智与表现力。

看罢京剧,我们从一些中国作家与戏剧艺术家那里听得如下解释:

中国的戏剧究竟有何特点?它何以感染观众?原因在于,它既来自百姓的日常生活,又走进百姓的日常生活。它植根于民间创作与传说,构成了以往生活的一部分,于是也便成为全部生活的一部分。这些故事先是靠说书人走街串巷地传播,继而被世人口口相传。

您若是问,我们京剧中的某些元素是否也具有抽象性或纯粹的象征意义?那么您的想法是有误的。人们决不能因为看上去有点儿像，就武断地将某些东西冠以象征意义。确切地说，我们的戏曲是古代人民智慧的结晶。

骑马人以手中的一根小棍告知众人：这是一匹马。它难道不比一匹真正的马含义更为丰富吗？扮演骑马人的演员，可以将所能想到的各种骑马动作糅合在自己的骑行节奏中。又或是城墙，无需任何舞台铺陈，观众便清楚地知道，抵达这里的人刚经历过远行。

我们的演员对生活有着深刻的体悟，为了用统一、简练的方式表现生活，一代代表演者首先吃透了生活，而后创造出我们特有的艺术形式。

京剧曲调的强大力量何在？在于它展现了老百姓内心的激动。

过去京剧在露天戏台上演出，乐声响起，老远就能听见。老百姓一听这声音，便已按捺不住激动之情。从您的角度恐怕无法理解我们的戏曲，因为它扎根于老百姓的经验、渴求乃至全部生活，是为我们所独有的形式。

在封建时代，人民遭受压迫，但戏曲所受的影响并不明显。如今我们已剔除其封建性的糟粕。所谓的"京剧"，实则由众多小规模的地方戏曲融合而成。统治阶级一贯企图把它变成为己所用的工具。尽管如此，由于京剧来源于人民，因而还是有益的方面居多。我们特别注意向那些在民间流传的地方戏曲学习，它们十分贴切地反映了当前人民的生活。

我们看了些这样的地方戏，其中有的是在革命前早已产生，而在新时代又被搬上舞台的曲目。比如：一位富家小姐

通过抗争，得以女扮男装外出求学，后来与一位同窗少年相恋。这个柔美的爱情故事涉及许多我们所熟悉的素材，特别是出自莎士比亚的《罗密欧与朱丽叶》，以及他那些描写温柔而大胆的青年男女的戏剧。这部中国戏曲的结局是，女儿奉父命与他人成婚后，相爱的两人相继殒命，而这个无法挽回的结局通过一个童话般的转折使观众得到了些许安慰。

一些中国友人向我们坦言，我们的歌剧在他们眼中是多么奇特。若以如今可见的欧洲现实作为参照，当然无法解释我们歌剧舞台上的演出内容。每个民族都有着自己于数百年生活经验基础之上形成的艺术形式，对它们的接受与理解并不需要过多解释。

你曾在这里的青年艺术节上观看过中国歌剧《白毛女》，这是一部为响应毛泽东延安讲话精神而创作的剧目，它取材于旧时民间传说，又筛选并融入了我们这个时代的事件。

我们还看过一些现代歌剧，它们对某些问题的处理手法与我们的歌剧相似。但在我看来，都不及《白毛女》完美精妙。

在几个由青年文工团表演的场景中，还能看到一些传统戏剧元素，如音乐与哑剧的简略手法。

在中国，人民大众与他们的戏剧关系十分紧密，就如同我们对自己历史上的戏剧，譬如对古希腊罗马时期、中世纪以及莎士比亚时代戏剧的熟悉程度一样。中华人民共和国的戏剧事业方兴未艾，必将形成一股服务于本国乃至全世界各国人民的、日渐清晰与强劲的艺术洪流。

（徐林峰 译）

实 现

——安娜·西格斯为古斯塔夫·赛茨的《中国札记》所作的前言

戈壁沙漠已被我们甩在身后。飞机外闪过沙漠商队的身影，他们在漫漫黄沙中向零星的水源处行进。队伍看起来细长而清晰，如鸟儿排成一队。就在人们还未好好体味飞机刚经过的这片地带的孤寂苍凉时，年轻的中国军官将头伸出了机舱。他指着高耸的山脉，大喊了一声。他那位从乌兰巴托就一直陪同我们的同胞向我们翻译说："长城。"

谁若是迅速转过头去，还能瞥见那一条清晰的线。虽然看似与地图上的边界线别无二致，但它其实异常坚固，足以承载沙漠商队和军队的南来北往。长城从北向南将庞大的中华帝国封锁起来。作为抵御蛮族和入侵者的屏障，它的建造充满了智慧，却也耗费了无数人民的血与汗。在我们乘坐的飞机中，也许有人还来得及回想一下毛泽东的那首诗《沁园春·雪》。我们已经飞行在中国的上空。这片大地的每一寸土地都得到了开垦。飞机逐渐接近了那片灰蒙蒙的城市。我们马上就要到了。

当我还是一个孩子时，就希望到这个国家来看一看。我读过一些童话和诗，也看过几幅中国山水画和书法作品，这些在

我看来都是诗与画的统一。我不禁问自己,到底什么样的人才会用笔和墨将他们的思想化作这样的文字表达出来呢?我已经记不清楚当时我想象的中国是什么样子了。那时的我几乎相信,就如同我读的神话故事那般,马儿真的会从画中跳出来。

之后,我们读了有关中国人的书,也读了中国人写的书。我们在德国和外国欣赏到中国的雕塑和绘画。我们认识了那些热情捍卫中国艺术独立性的老师和学者,他们与那些视欧洲的古希腊罗马文化为艺术创造力唯一源泉的艺术史学家们争论。后者在印度发现了亚历山大大帝远征时留下的具有晚期古典风格的遗迹,他们不相信这个庞大的民族有能力将自己的想象表现出来。

我们从沉迷神话转而研究科学。至少我们是这样认为的。我们教授曾经做过殖民地军官。他会把"万"这个字当"卐",把孔子的名言用在魏玛共和国部长身上。

我们不能就这样继续下去。接触现实对我们来讲确实很难,但是难并不代表不可能。

那是在伦敦船坞上的一个夜晚,我们在一家中式船员酒馆里第一次见到了孙中山的照片。不是登在画报上,而是贴在一面饱经烟熏的墙上。照片下方有他著名的"三民主义"思想,是用汉字写的。此时此刻,就在我们沿着无数台阶拾级而上、前去参观孙中山位于南京山中的宏伟陵墓时,我突然想起了那张挂在玩麻将的船员肩膀上方的照片。

多年以前,一位年轻女记者受《法兰克福日报》的委托前往中国进行采访,那是她第一次踏上中国的土地。这位女记者名叫艾格尼丝·史沫特莱。通过报道,她让许多德国人第一次了解到现代中国的真实现状。国民党早已成为旧式封建氏族和新式银行家操纵的工具。艾格尼丝·史沫特莱让我们看到封建主义和资本主义的混合是多么令人作呕。她描述了自己在一个气派的庄园里做客时所见的情景：那户人家的女儿都在美国学校读书，他们吃饭时用英语交谈。宽敞阴暗的大厅的一个角落里传来了当啷当啷的声音。那是被抓的农民手上的镣铐发出的声音。地主正将他们移交给警察，因为他们仍拖欠着地租未交。

此时，艾格尼丝·史沫特莱已病逝于伦敦，遵照她生前遗愿，骨灰安葬在北京。

很快我们自己就在德国与那些年轻的中国人相遇。北伐战争胜利后，蒋介石在上海用背叛和暴政回报了那些满怀希望迎接他的人们。当时中国学生在柏林对我们所讲述的内容，在我们此次访华参观的上海工人史展上展出的图片和文字中得到了证实。沾满鲜血的鞋子留下的足印好似盖在被撕碎的檄文上的火漆印。在那段最阴暗的岁月里，共产党正是凭借发表檄文给予工人勇气，让他们紧密地团结在一起。这也正应答了我童年时的那个问题：那些用毛笔和墨写这种像画一样文字的人，是些什么样的人呢？

我从几位在柏林的华人身上找到了答案。他们摆脱了死亡的威胁生活在我们中间，只为安心学习。与此同时，德国上将泽克特正帮蒋将军按照欧洲模式装备他的军队，以便南下围剿自己的国民，而不是与侵占满洲和上海的日本人作战。

我们的朋友们回到了南方红色根据地当老师。归途中危机重重，极有可能丧命。但是他们表现得如此勇敢、如此充满希望，就好像在做一次轻松愉快的旅行，一如去年的我们一

样。如果他们还活着的话，肯定已经从战争和暴政中挺了过来。他们会参加长征，在毛泽东的领导下，摆脱来自上海的围剿，沿边西行向中国北方挺进。

接下来的几年里，他们退出了我们的视野。这期间，法西斯在德国掌权，许多国家的青年都在二战中流血牺牲。当我们听到、读到有关长征的消息时，脑海里立时浮现出我们那群年轻的朋友们翻越高山穿过沙漠、边教书边唱歌边战斗的情景，我们看到他们在抗日战争中化身游击队员战斗在敌人后方。当我们重返德国、日本在东亚战败时，我们又看到他们加入中国人民解放军同蒋介石作战。他们在我们的面前学习、歌唱，一如往昔那样欢快勇敢、朝气蓬勃。中国的神话传说曾经在他们的见证下变为现实，而现在恰恰相反：我们在现实中熟悉的这些人变成了传奇人物。

当我们穿行在北京或上海的某条熙熙攘攘的街道上时，我总觉得也许在众多面孔中就有我们当年的朋友。他也许就在应毛泽东邀请参加解放两周年庆典的客人当中，甚至就站在检阅游行队伍的毛泽东身边。在这次旅程中，我们第一次目睹了这个国家，我们小时候和成年后所热爱的一切，全部汇聚到一起。我们无时无刻不在这个国家，在他们的艺术、法律、歌曲、人民面貌和文字中感受到这个民族的力量。中世纪的墙垣已然倒塌，将梦想与现实隔离的围墙也不复存在。解放将一切最终融合在一起并成为整个民族共有的财产。

"俺从未想过俺的祖国是这样的美好！"一位战士的母亲在为奔赴朝鲜战场的志愿军送行的那个晚上这样说道。

那些让远在欧洲的我们赞叹不已的东西，对她来说曾是那么的遥不可及。那都是统治阶级才配享有的东西，比如学校还有田地。那时，我们一直渴望见到的这个国家给她带来的只有痛苦和苦难。

纺织厂的纺织工人在回答"是什么让你翻身得解放？"这个问题时先是愣了一下，然后笑了笑说道："我现在才是个真正的人。"他几乎一生下来就认识了纺织厂，母亲带他一起上班，把他放在织布机下，在织布机旁给他喂奶。

村长站在主席台上。旧地契焚烧后留下的灰烬还在冒着烟。他说："土改已经完成了，我们现在要开始新任务。我们要全力种地，争取提高产量。我们要在村里开设学校。为了让旧日子永不复返，我们还要减少每天的开支，捐出我们的收成，支援朝鲜，这样敌人才不会再次夺走我们的东西。"

看上去比实际年龄老很多的农妇打量着她的新地契。在薄薄的水印中，人们看到星星的光芒照耀在工厂上、耕地上、收获的庄稼和烟囱上。"我们以前从未想过能过上这样的日子。"

人们都这样说。那么绘画作品又是怎样表现这个国家所发生的翻天覆地的变化呢？我们曾在柏林的展览会上欣赏过许多古代和现代画作。其中有一幅描绘山色的宋朝画作。画中，一望无际的森林覆盖山体和峡谷，一座小房子坐落在茫茫山谷中，主人公则消失在大自然中，化身成群山峻岭中的一点。而在一幅当代画作中，同样也有原始险峻的山谷。绑着绳子向下爬的游击队员也只是大自然中的一个小点，但这个小点并未消失，而是战胜了大自然的狂野。

这位画家虽借鉴了老式山水画画家的笔法，但是他却想唤起观画者完全不同的感受。毛泽东曾在《在延安文艺座谈会上的

讲话》中（今年恰逢毛泽东发表《讲话》十周年）向画家和作家阐述了艺术比现实本身更具有感染力的原因。那是因为艺术从日常生活的千百件琐事中提炼出了事物的本质并将它表达出来。那幅画的作者向我们展示了这名游击队员充满干劲、取得胜利的形象。他这一被刻画出来的形象在一定程度上要高于普通的现实生活状态，因为晚些时候，当他坐在篝火边或在家中时便会显得与普通人无异，他也要吃饭睡觉，会唱歌，会大笑。

想要成功刻画出一张面孔并让其表现出人物的内心活动，而又不凭借标题和注释——就像文学作品需要借助一篇前言一样，那么，艺术家需要进行大量的尝试与研习。而这本书里收录的就是这样的习作。认真观看的人，会感悟到画家本人在创作时的所思所想——人们必须像学会读书那样学会正确欣赏画作。人们也能够在这个过程中了解到这位画家的作品真正想表达的东西。在我们的旅程中，古斯塔夫·赛茨把速写本当成日记本来用，画下我们都很喜欢的面孔和风景。他在来中国之前曾创作过一座毛泽东的半身塑像，也为受邀与我们共度国际性节日的几位中国和朝鲜朋友画过像。如今，他目睹了这个民族，目睹了它的人民、它的风景和它的各种形态，既有青年也有老者，既有平凡也有崇高，既有谦逊也有勇敢战胜苦难的自豪感。如今他将自己的所见所闻凝结成一件崭新的艺术作品，而我们正是它的见证人。如果它成功了，必将有一股力量冲出画像传递到观看者的身上，就如中国神话中的马从画中跳出一般，这个故事曾让孩提时的我们惊叹不已。

（张帆 译）

为勃兰登堡农民所作的关于中国农民的演讲

亲爱的朋友们：

上次在你们这里时，我收到了邀请我前往中国的请帖。我们代表团应中华人民共和国政府的邀请，前去参加他们两周年国庆的庆典。因此，我直接从维伯斯多夫出发前往北京，临走时只能通过街边树上的纸条同你们告别。由于我之前许诺过要做一次演讲，所以在回国后，我就想先给你们讲讲这次旅程。

我们的飞机从莫斯科出发，途经乌拉尔山脉和西伯利亚，抵达伊尔库茨克，这座城市位于苏联和蒙古人民共和国之间的边境。我们从伊尔库茨克乘飞机继续出发，途中穿过戈壁沙漠。在我们远远的下方，可以看到零星的沙漠商队正往水源处行进，细长如丝线。我们飞越将蒙古人民共和国和中国划分开来的山脉，看到了长城。从上空望下去，整个长城也细得像一条线。在数百年前，中华儿女以血汗和气力修建起这个著名的防御工程，它从北至南守护着中华帝国免受西面的攻击。长达数小时的飞行中，我们脚下只有沙漠。突然，山的褶皱间出现了一抹绿。耕地缓缓地展现开来。可以说，中国农民的王国开

始了。当我们的国土在数千年前仍为原始森林和灌木丛覆盖时，中国农民却凭借着无与伦比的勤劳征服了脚下的每一寸土地。我们来到了北京。

我所讲的内容，你们可以通过我们钉在墙上的照片中看到，也可以从我们之后放映的幻灯片上欣赏到。

最初几天我们待在北京，我们也能很快乘车到达附近的农村。之后我们乘火车从北京出发一直往南，穿过黄河和长江，到了上海再继续往南，直到茶文化历史悠久的杭州。我们在这些大城市停留了一阵，并参观了附近的村庄。那时我总会想到你们。如果你们在那儿的话，就可以解释一些东西，这样我也能更好地理解。那里的主食既不是黑麦，也不是我们吃的土豆。北方人主要吃小米，南方人则吃大米。桌子上有我给你们带回来的样品，还有其他一些作物，有大豆、茶叶、丝、棉花和竹子。我们一会儿可以通过幻灯片来弄明白这些作物是怎样种植的。

你们从以下这一点就能看出大米和小米对人民生计的重要性：如今每个人的工资都以他们挣得的大米和小米的总量来发放。这样做是因为人民政府已经解决了一个大麻烦——我们在座一些经历过一战后那段时期的人也很熟悉：通货膨胀。中国经历过纸币泛滥。当时这些纸币甚至可能在发工资当天就贬值，以至于拿到工资的人只能买到通过劳动本应得东西的极小一部分。而如今，每个人都可以根据所挣得的东西来获得相应数量的大米或小米。这样人们就不用再为大米贵了还是便宜了而感到担忧。人们应得多少，就会得到多少。你们明白了，这样一来投机行为就得到了遏制。

中国差不多有5亿人口。你们想想我们民主德国有多少人，就会发现这对我们来说简直就是个天文数字。这5亿人当中几乎85%是农民。但是在人民解放军解放中国之前，中国三分之二以上的土地都掌握在极少一部分农村人口的手中，大约只占总人数的10%。也就是说，剩下90%的农民只占有不到三分之一的土地。其余的大部分土地都归大地主所有。他们有房住、有衣穿、有学上，他们还有水井、沟渠和机械。你们可要知道，中国土地肥沃，部分地区凭借有利的气候条件，可以做到一年两熟——如能采取适当的灌溉方式的话。

但是大多数农民都没有钱凿井。除却少量的中农，大部分农民极度贫困，以致他们虽然辛勤劳动，却从来吃不饱饭。他们租种一小块土地，地租则占收成的50%到80%不等。我们的中国朋友向我们解释说：地主剥削农民，农民则榨干土地，土地因此变得贫瘠。他们没有人帮忙，没有水，没有肥料，也没有耕畜。

古时候经常会爆发大规模农民起义，随后便有难以计数的农民惨遭屠杀，之后又换来一段时间的表面太平。许多土地在此期间都被荒废。

这种状况的原因何在？——那是由于数千年来腐朽的封建主义。地主的势力越来越大，地主养军阀，军阀用军队给地主当保护伞。土地上所有的收成和交通工具都归地主所有。由于没有交通工具的村庄完全与世隔绝，地主也就变得权力通天。农民们越来越贫穷，越来越无知。

地主们住在豪华的庄园里，在令人愉悦、被精心灌溉的花园里，在要塞一般的围墙里，过着无忧无虑的生活。他们有足

够多的马车，可以将粮食运往他们城里的私人商贩那里。当农民们用实物交纳地租时，地主的管家就会将假秤砣固定在秤盘上，如此一来农民们就得上交更多的粮食。如果地主自己要用实物支付的话，就会提前将粮食打湿，这样它们称起来就更重了。

无论一个农民多么易于满足，对我们来说仍难以想象——当歉收或洪灾发生时，他都得忍受饥饿。而当他交不起地租时，就会被关进地主的私人监牢里。按农村的习俗，为其担保的家人也要连坐。

如今，我们可以通过诉讼词状、年长农民的讲述以及地主的记录详细地了解这一切。这些地主麻木不仁，对他们的过错没有丝毫愧疚感。他们以为是老天爷赐予了他们无限的权力。

我刚刚给你们讲过，以前在中国，农民起义往往被血腥镇压。我们德国历史中也有过大型的农民起义。如今，每一个上学的孩子都知道那个伟大的名字——托马斯·闵采尔。我们德国地主过去也有着无边无际的权力和占有欲。甚至就在这里，王宫一侧的宫殿里也曾经有过一座监狱。

165年前，法国大革命推翻了封建主义在法国的统治。其他国家的农民受法国大革命的鼓舞，也迫切要求进行紧急改革。大地主们感到害怕了。《泰尔西特和约》签订以后，为了尽快组织力量抵抗拿破仑，施泰因等人开始在普鲁士进行农奴制改革。封建主义因而在德国大部分地区受到限制。尽管在有的地方，直至推翻希特勒的法西斯统治、进行最终的土地改革时，当地仍保留着与农奴制相差无几的制度。

希特勒极度压榨他所占领国家的民众。哪怕是在欧洲收成最好的土地上，也经常有人饿死。如果当时我们这里有人看到过被占领国家的儿童是怎样被活活饿死的话，恐怕口中的面包也会味同嚼蜡。

我们现在再来讲讲中国农民。

两年来，中国逐渐消灭了大地主阶级这一有数千年历史的祸根。

我们的中国朋友是这样说的：人们只有通过艰难的斗争，才能铲除存在千年之久的特权。这项斗争需要所有人的支持和参与。所以，仅仅有土地改革的法律条文，仅仅有毛泽东的命令是不够的，人们还需要一场轰轰烈烈的农民运动。

你们想想看，一个欧洲一样大的国家，世界四分之一的人口生活在那里，其中大约有85%都是农民。如果不是依靠农民这一占绝大多数的人民群众，怎么可能发生翻天覆地的变化，又怎么可能建立起人民共和国呢？

20世纪初，中国的先进团体想要将他们的国家从半封建半殖民地的麻木状态中唤醒。领导他们的是一个名叫孙中山的人。

孙中山创建了国民党。国民党的宗旨是保护并捍卫年轻的中华民国。孙中山在临终前留下遗言，那就是要求他的同仁们学习贯彻伟大领袖列宁的理论。因为他目睹了苏联的地主被赶跑、农民得以分配土地。这些农民在沙皇统治时代过着同中国农民一样艰辛的生活。孙中山去世后，国民党成了资产阶级、商人、官僚和地主的政党。比起本国农民的生活，这些人更关心自己的生意和银行账户。无论是在自己的公司里，还是在与欧美商人的交往中，他们都举止时髦、做派新式。他们有工

厂，在城里有住宅，并且在他们偏远乡下的地产上仍拥有一如既往的通天权力。他们的儿子去国外上大学。但是当他们的佃户交不起田租时，便会被戴上镣铐。

如今在台湾得到美国人庇护的蒋介石，在孙中山去世时担任国民革命军的司令。他率军北伐，据说是为了彻底摧毁地主和军阀。但是他到上海的当天夜里，就同资本家签订了协议。他背叛了民众，放任数十万之前曾欢迎他到来的中国农民和工人被杀或被捕。

当时，毛泽东已将人民军队中最为坚定的一支队伍聚集在身边。中国南方也成立了第一批苏维埃根据地。那里打土豪、分田地、广挖井、建学校。蒋介石一心只想占领这些南方的苏维埃根据地，而不去向已占领满洲并在上海登陆的日本人开火。毛泽东和他的战友们则通过一次巧妙的转移逃脱了蒋介石的追捕，他们开始了中国历史上的长征。无数的农户，无论男女老少都跟着他们一起长征，由此可以看出，解放区的人们有多么信任毛泽东。他们宁愿抛弃自己的田地和作坊，也不愿在蒋介石占领他们的家乡后继续活在旧式压迫之下。两年来，他们一直跟随毛泽东和战士们行进在中国偏远的西部边界上，翻越一座座险峻的高山，穿越一条条湍急的河流，还经常遭到空袭和敌人的攻击。长征结束于中国北方。经过一系列事变之后，蒋介石被迫向日本宣战。事实很快表明，蒋介石在这场艰苦卓绝的战争中几乎毫无长进，而中国农民们却有了脱胎换骨般的变化。蒋介石听从了美国盟友的建议，竭尽所能，妄图在抗日战争中封锁毛泽东的军队，进而歼灭。

毛泽东和他的军队所到之处都会重分田地。他们还帮助农民收割,在村庄里开设学校。贫农们则可以从富人的仓库中分配到衣服与口粮。

这之后,农民们不再相信关于解放军的谎言就不足为奇了。抗日战争胜利后爆发了内战,此时中国农民很清楚自己应站在哪一边。多亏了他们的明智与力量,才能将蒋介石赶走,并且在两年前建立起人民共和国。

人民解放军到来后,各地均举行了批斗大会。这里有一张这种大会的照片。以前的地主被带到大会前,农民们一个个上前控诉他的罪行。

封建社会中几乎所有人都是文盲,而现在村庄里都有了学校。"小老师"运动在巨大的学习热情中展开:已经学会读书写字的农民的孩子在晚上给大人们上课。军队的小伙子们则通过在军装后面写上汉字的方式学习认字,然后他们在行军过程中一边有规律地变化队形,一边学习这些字。

我们曾在南京一个村庄做客。这里正进行土改。村长和他的助手们坐在经过装饰的台子上。首先,在音乐和欢呼声中,人们将通常由大拇指印作为签名的旧地契堆成一堆烧掉。然后,农民们一个接一个上台领取标注他们土地所有的新凭证,并朝村长和台子背景处的毛泽东画像鞠躬致谢。你们马上可以在幻灯片中看到这一过程。这个正在鞠躬的女人对我说:

"我们之前从未想过能过上这样的好日子。我们以前只有一间房子,唯一一件有衬里的棉袄也得相互借着穿。只有地主家的人才有更多的房子和衣物。我们没有井,不会读书也不会写字。"

一个男人则对我说:

"为了让旧日子不再卷土重来,为了让敌人不再从我们这儿夺走东西,我们现在都参加援朝大会。我们减少每日的开支,捐出收成。只有我们支援了朝鲜,才能挽救和平。帮助朝鲜就是帮助我们自己。"

他这些话是什么意思?

解放的消息像一首欢快的歌曲飘过各个村庄。所有人都知道他们不用再上缴绝大部分的劳动果实。新国家为他们凿好了井,庄稼因此可以一年两熟。泛滥的河流曾冲走他们仅有的一点儿收成,而今筑堤的浩大工程也正在进行。

欢呼庆祝达到高潮的时候,却传来了边境外面再次爆发战争的消息。炸弹已落到了中国的边境地带。一听到这个消息,转眼间就有许多人报名参加志愿军前往朝鲜。他们回家后向人们描述了在朝鲜的所见所闻:美国人就像曾经的日本人一样残暴无度,他们打着联合国维护和平的旗号登陆朝鲜,实际干的却是放火烧杀的勾当。

尽管农民们自己过得也不宽裕,但他们还是全力支援朝鲜。因为与抛头颅洒热血的战士们相比,这实在算不上什么。美国人必须滚出东亚。他们尚未承认有5亿人口的新中国,就因为中国全靠自己的力量走到今天,这里没有剥削,没有他们的利益。

人们经常能在农舍里看到关于"自愿承诺书"的告示。这些告示字迹有些笨拙,但往往配有漂亮的图画。

一户农户承诺:多生产15%;上交3000斤粮食支援朝鲜(这一数目被划掉并在几天后有所提高)、总价值达4万元的其他产品和一只母鸡用于支援朝鲜;准时向政府缴纳,不容拖延；粮食要晒干（这样就不会因为潮湿而增加重量）；要与歹徒和革命破坏分子做斗争；不要害怕牺牲。

另一张纸条上则写着：保持院落干净整洁；邻里和睦；捐献收成的10%支援朝鲜。

你们从这些例子可以看出，这些行为绝非官方规定，而是完全发自内心的。

如今，中国绝大部分地区都在进行土改。贫农家的每一口人都能分到自己的一块田地。中农种地只为自给自足，因而他们的土地所有保持不变。

土改前期的准备工作需要许多知识渊博的人才，因此由大学生和各年龄段知识分子组成的队伍奔赴农村，一待就是几个月。他们帮着计算和划分土地。他们不断熟悉乡下的生活，同村民们互帮互助。

工人、农民和大学生都投身到大河的筑堤行动之中。这支庞大的和平大军在这世上绝无仅有。

以前外国人到乡下来，总会被猜疑和仇恨的眼神包围，因为特务、生意伙伴和商人们都会到地主那儿去。现在人人都知道：来我们这里的人肯定都是政府的客人和朋友，那就是我们的客人和朋友。这座桥上有个青年冲我们喊道："斯大林—毛泽东！"这些字眼，不管说哪种语言的人都能听懂。

面对谜一样的中国，战争挑起者往往惊讶不已。但是对于了解这个国家历史的人来说，谜题的答案再清楚不过了。

一位没学过读写、最多听过村里年轻人唱"斯大林—毛泽东"之歌的老农民也会由衷地明白：他的身后站着一个强大的国家——苏联。如果这个农民反对日本军国主义死灰复燃并赞

成《五国和约》的话,他也会自然而坚定地明白这件事,就好像明白其他日常琐事一样。

当人们乘飞机从北京出发经苏联回国时,首先映入眼帘的是由一块块花园般大小的土地组成的中华大地。那些都是被解放的中国农民的田地。在苏联,人们则会看到一块块宽阔的集团农庄的土地。现代化机械正以不可思议的速度从土地中生产出可供百万人食用的粮食。现在,中国有数十万志愿者在淮河上帮忙修筑堤坝。而在苏联,共产主义的大型建筑已拔地而起。沙漠变成了耕地,人们培育起了法国面积大小的森林。巨大的运河连接起河流和海洋。两国人民正在创作出伟大的和平作品。

在莫斯科举办的和平运动作家集会上,我曾讲过一段话,在这里我想再重复一遍作为这次演讲的结束语:

"无论我们经历过怎样的苦难,我们都属于同一代人。我们这代人见证了人类有史以来最伟大的思想变为现实。这是天大的幸运。同时它也赋予我们一项巨大的任务:为和平而战。"

1951年12月

(张帆 译)

战友们（节译）[①]

前　言

居住在柏林北部那间污浊的后屋的中国人廖，缘何同小个子匈牙利人帕里以及他的意大利朋友波多尼——巴黎深蓝大街上的一个水果商，产生联系？保加利亚木匠杜多夫又因何与从未谋面的大学生伯姆联系在了一起？又是什么让巴托、雅内克、多姆伯姆斯基、斯多雅诺夫结为同伴？那是因为他们都是共产主义者。在动荡的20年代，欧洲各国反动势力竭力镇压工人阶级中的革命大众，他们正是那些正直无畏的斗士。他们走到哪儿，哪儿的人们就会为之改变。无论他们身处何处，哪怕是在牢房内，都会一边学习一边教导他人。他们遭受迫害，像动物一样遭到猎捕，甚至连为他们提供保护的人也会面临同样的命运。年轻的廖就遭到特务出卖而牺牲，斯多雅诺夫被残暴的士兵活活打死，等待杜多夫的则是严刑拷打与绞刑架，但是廖的兄弟、斯多雅诺夫的儿子和杜多夫的同伴们都还活着，斗争还在继续。

[①] 选取长篇小说《战友们》中的中国部分进行翻译，故为节译。——译者注

第二版前言

我几乎可将去年出版的《拯救》的前言一字不差地套用到这本书上,因为我对这两本书的陌生感不亚于读者。《战友们》出版于希特勒开始独裁统治的前一年,那是第一版,也是最后一版。再次见到它,缘于柏林的几个年轻人将它送给了我,那是在回德国后不久,也就是5月10日,这本书被焚烧的那一天。

与这些老熟人重逢,心中总是充满了疑问。他们是否还在坚守信念?他们的立场又是否还正确?不过,在这种情况下,此次重逢出于某一特别的原因而格外让人激动。因为在不久前,我不仅得以与那些在我的书中演绎人生的虚构朋友们重逢,还遇见了现实生活中活生生的朋友们。

在本书最后,雅内克再度被投入监狱,并成了一名初次入狱的年轻人的榜样。他在这期间度过了生命中最压抑的一段时光。如今,人们可以在华沙看见他,他还是同从前一样,在妻儿身边享受欢乐,并且投身到了自己的祖国——年轻的人民共和国——的建设中。

季米特洛夫的大名已让世人了解到保加利亚民族能够培育出怎样的人民。维也纳的恩斯特·菲舍尔有理由在他有关国会纵火案的著作中这样写道:季米特洛夫当时的行动向世人展示了应当如何坚定不移地反抗纳粹。现在这个小而充满活力、自信的民族成了世界法西斯主义的眼中钉。这个宁静的农耕国家过去几乎不为人所知,人们只是知道它位于巴尔干山脉的某处。即使到今天,大家对它也并不熟悉。正如少数人所了解到的那样，在所有被纳粹占领的国家中，它是唯一凭借智慧和勇气而未能让希特勒强制建立犹太人隔离区计划得逞的国家。

在漫长的流亡生涯结束后，当人们再次重逢于匈牙利之时，像书中那般的欢呼"我还以为你已经死了呢"可能时不时地就会飘入人们耳际。他们的祖国是继苏联之后在欧洲建起的第一个苏维埃共和国；当它崩溃后，人们便踏上了流亡之路，如今这一切终于结束了。他们的牺牲、失望、经历和苦难化作水泥，将新生的共和国凝聚在一起。

年轻的意大利人现在所过的生活与那时书中的生活并无两样。他回了国，同游击队一起战斗。他的斗争还远未结束。他仍会闯入某户波多尼①家，他也仍会惹火某位波多尼夫人，然后让她从犹豫不决中觉醒。

中国人廖彦凯很有可能参加了著名的"长征"，这是中国人民军队一次近乎神话般的行军历程。蒋介石在德国军事顾问的支持下企图阻截这支军队，但是他们却趁着夜色掩护悄悄渡过了长江。历时两年的长征充满了无法想象的艰难与险阻，他们历经严寒与酷暑，渡过条条险川，翻越藏地的重重雪山，机智地绕过敌人的地盘，最终到达了中国北方。随后，他们又将无尽的能量投入到抗日战争中。在取得抗日战争胜利之后，蒋介石想要挽回之前打的败仗——彻底消灭这支被他视为内患的队伍。后续战争尚未结束。因为他们不久前还生活在我们这里，这些同伴们的名字也会经常出现在报纸上的简讯中，也许书中对他们的着墨并不多。我们满怀激动地听着他们的消息。这些

---

① 波多尼，Bordoni，意大利姓氏。——译者注

消息对于当时许多德国人而言更像是杜撰的惨闻，抑或在中欧难以想象的事件。此前，白色恐怖已席卷过我们这片大陆并将第一波流亡人士卷入其中。它的见证者们尽管已被自身经历搞得身心俱疲，却依旧坚韧勇敢。他们比我们更富有经验，在大事上，他们比我们更勇于牺牲；于细节处，他们更乐于帮助他人。对于我们而言，他们是真实存在、而非虚构的英雄。就连德国本身也被从斯巴达克团起义到汉堡起义的一系列起义搞得一片混乱，此时的我们却变得更加耳聪目明。红军阻止了德国针对年轻的苏联发动的入侵战争。他们在一系列战役中的表现使得斯大林格勒扬名于世，阿列克谢·托尔斯泰就曾描述过这些战役。

本书将真实生活中的热血岁月化作寥寥数页的虚构人生。这些年轻人不必相识，也能成为对方忠实的伙伴，也许他们也会成为本书读者的忠实伙伴。

安娜·西格斯

致 新 版

上一版前言中曾提到的"后续战争"如今已有了结果。当年我们与中国同伴们相见时，蒋介石还只是黄埔军校的学生。如今他终于尝到败果，在台湾岛上靠着美国人的资助勉强度日。廖的祖国现在是伟大而不可分割的中华人民共和国。

安娜·西格斯
1951年9月

......

伦敦，莱姆豪斯。廖寒时快步走进屋内，顶着风将门关上。雨水顺着他的雨衣细线般滴落到地上。整个房间比平常更显得空阔昏暗，仿佛介于虚实之间。木柴升起的一小堆火仅够暖和猫和它的饭盆，此时两者都处于一小洼牛奶中。店里只剩一对情侣，他们坐在其中一张空桌子处。两人都睡着了，渐渐滑开，做着各自的梦。在后面的窗户之间挂着一幅灰突突的孙中山画像，就像是随意贴在火车站墙壁上的那种张贴画。天花板某处响起了一阵动静，听起来好像某个人把一件轻巧的餐具砸成碎片后，继续将它弄得粉碎才罢休。

等着那对情侣醒来的马在柜台后面睡着了。廖寒时用指节敲了敲玻璃唤醒了他。马这个人不需要什么过渡，总是很快就能醒过来，只是这清醒伴着沉默，并且犹有几分睡意。

"你怎么回来了？有什么新情况吗？""就那样，没什么。"有人走出来，将睡着的那对情侣面前的杯子收了下去，两人就这样醒了过来，付了账，互相依偎着，半睡半醒地走了出去。"他们会淋湿的。"马耸了耸肩。他关了灯，同廖一起上了楼。马的住所内，几个男人挤坐在墙与桌子间打着麻将。一个女人则坐在一边做针线活。墙上也贴着一张孙中山像，这张色彩更鲜亮，面容也更生动一些。其中一个男人穿着黑色的丝绸上衣，其余各人则是西式打扮。廖寒时一边站着看他们玩牌，一边欣赏着黑衣人那伴随着影子上下舞动的双手。随后他坐到了那个女人旁边，开口说道："我不打算再待下去了，我要回

去。""那你现在准备从哪儿搞那么大一笔钱?"马接话道:"他可是有钱人的儿子。"廖继续说道:"我父亲肯定会大发雷霆。原先我付出一切代价也要离开,现在却又要付出一切代价地回去。也许我哥哥会给我钱。""你们关系很好?""所有兄弟中,我最喜欢他。我永远都无法想象,他会做什么和我不同的事情。我和女人约会时,就会想他现在肯定也在跟某个女人约会。我若是深夜独自一人坐在房间里想问题,我便知道,他肯定也坐在自己的房间里,独自一个人,想着所有这些事情。"

坐在桌旁打牌的那几个人早已停下来听他们的对话。廖寒时叹了口气。所有人一下子都蔫了,好像他这一叹气将室温都降低了。

他继续说道:"我不知道家里到底发生了什么事情。昨天我收到了消息,却还是不太明白。他们说,共产党已经加入国民党了。我怎么就想不明白呢。我一门心思想到西方来,现在却发现待错了地方。真希望明早醒来就已经在家里了。这世上最恐怖的事情莫过于不知道家里到底发生了什么。这就好像心脏没在身体里,而是跑到身体之外的某个地方。"

他们耐心地听了会儿,然后就移开了目光。可以看出,他们早已熟悉了廖的抱怨——每晚如此。马开口说了话。从他的话中可以听出,他将昨晚的话同今晚的联系了起来,这段永无止境的对话就像是同样大小的链环组成的一整个链条。"孙中山毕竟把那个苏联人鲍罗廷留在了身边,况且他也和苏联结为了联盟,他不也总说,人们应该向伟大的列宁靠拢嘛。"黑衣人突然插话:"你这些话又是什么意思?他才没有同布尔什维克结盟呢,他只不过是和一个强大的邻国结了盟。"马辩解道:

"不管怎样,他反正是结盟了。至于他是怎么盘算的,大家自然可以争论。不过他是否盘算错了,这可还不一定呢!""照你这样说的话,又有什么是确定的呢?"马激烈地反驳道:"我可不会把一个死人当圣人看。他的话对我来说又不是不可打破的——对上面这个人来说,也是如此。"他指向那副小小的彩色孙中山像,它就挂在一直沉默不语做针线活的女人头上方。"什么时候他不合适了我就可以把它取下来,换个别的什么人挂上去,比如那个蓄着山羊胡子的小个子苏联人。"

廖寒时满脑子都在想:我不能再废话了,我得走,我得回家。现在,就现在,家里出大事了,一场大变故,甚至在这儿都能感到它。就连没睡醒的老马,甚至这间地处莱姆豪斯的房子也都为之战栗。我一定要马上回去。

他站了起来,马送他到门口。廖对他说道:"直到昨天为止,我父亲的愿望就是我的愿望,我父亲的抱负就是我的抱负。我跑到这儿来学到的东西,其实换一种眼光在家乡的城里走一趟,也可以学得很好。"马稍微有点儿不耐烦地回应道:"不管怎么说,学了就是学了。"

雨已经停了。廖向车站走去。他打量起一家小纹身店的橱窗,上面挂着的粗糙的连环画他已经可以记下来了,因为它一个月才换一次,而他每晚在莱姆豪斯做客时都会在这里等车。等待,独自一人在这陌生的街上,唯有两旁光鲜、耀眼的房屋做伴,身后是长长的、光秃秃的小巷,粗粝而缄默。他想起了他自己的城市,想起了他的父亲。他父亲生了足够多的儿子,以继承他的志向,分享他的爱,但是现在却偏偏将希望放在他身上,这份希望包含了一种狂热的劲头,这种劲头可以在

老一辈那些毫无意义的愿望中看到。廖寒时笑了笑,只是这略显沉重的笑容迅速从他那充满倦意的脸上消失了。

……

廖寒时走在柏林米勒街上的时候,心里正想着:这座城市比他刚离开的那座城市要往东好几个纬度。他哥哥之前给他的信上写道:"暂时先去柏林吧。你在那儿肯定会比只在一个城市里学到更多东西。去找一个叫孙复立的大学生,他是我朋友,也是个好同志,他会帮你的。

我不知道你对我们这边的情况了解多少。你要知道,大规模的封锁仍未解除。香港与大陆的联系已经被彻底切断。英货根本没法进来,工人、手工匠和店主都已弃城而去了。罢工委员会已实际掌握了政府的权力,政令一旦执行不力,它就会出来施加影响。骚动此起彼伏、持续不断。集会遍布各个村庄、城市,就好像所有的河水瞬间汇流在一起。一夜间,所有的人和事都改头换面,甚至死人也一样。"

廖早已克服了初时的思乡情绪。他走在傍晚的道路上,夕阳为墙壁、石子路和行人披上了一层厚厚的昏黄色光晕,他头一次忘却了身处异乡之痛。

光秃秃而又长不可测的街道好似一直蜿蜒穿过所有城市,将整个地球围了起来。一群面露陶醉之色的孩子中传来刺耳的手摇风琴声,萦绕在整条街上。街两旁的窗户里随处可见在黄昏中眯着眼睛的疲惫脸庞,还有成群的无产阶级穷人,他们叉着两腿,正为面包以及过去和未来的日子争论着。——我沿着这条路就回家了,廖恍惚中这样想到,他们当中是否有人知道我的家乡正发生些什么事情呢?

他刚一踏入12号大门,便有人冲他喊道:"你找孙复立?""对。""第三个院子,往里面,最上边。"

在第三个院子里,他撞进了一群女孩中,她们正从那里的一家纺织厂中涌出来。其中一个抓住他的胳膊说道:"你找孙复立,就是找我们,跟我来。"上了楼梯,她继续说道:"我们收到一封信,正等着你呢。复立已经在我们这儿住了两年了。当时他正在街上找住处,你也可以住在我们这儿。"

廖想到:今晚的一切都是这么巧,房子是这样,人也是。

复立住在第三个院子里的巴克尔家。廖寒时好奇地打量起四周。由于这个小个子大学生的存在,中文书籍和报纸涌入了这个家庭,床上、桌子上、椅子上,还有毛绒沙发上,到处都是。

窗户对面挂着一张从报纸上剪下来的陈独秀的画像,他是中共领导人,旁边则挂着李卜克内西和罗莎·卢森堡的画像。"来了封信,我们早就在等你了。"这话他说了三遍。复立长得小巧机敏,又风趣幽默。巴克尔一家,无论父母还是女儿也都身形小巧,为人和蔼。所有人都对他家乡发生的事情了如指掌,好像这些事就发生在邻区一样。复立将袖子高高卷起,帮着女主人按照他的安排准备晚饭。女儿则拿着两只细筷子努力制服锅中翻滚的白菜叶。复立在这里的两年生活改变了整个家庭,就好像一滴墨将整桶液体都染上了色。

"还不错?"

"非常好呢。"

一片筷子相碰、勺子相撞的声音。

"那是封什么样的信啊?"

"一封新来的信,你听啊:我们广州这儿一切都乱了套。如今一个叫蒋介石的人成了黄埔军校实际掌权者。他这个人狡诈强硬,背后还有资助者。现在人们对这个人既有期望又有担忧。最近这几天我弟弟会来找你,拜托你帮他一下——"

复立笑着停了下来:"还要我继续念下去?"

"嗯,念吧。"

"他过去心肠软、重感情——,你说说,你可是心肠软、重感情的家伙?"

廖笑了:"'过去',信上这样写的!继续念吧。"

"——不过满腹学识。从他的来信可以看出,他开始思考问题了。——你开始思考问题了?"

"是啊。"

"我很希望他能跟你见面。——那么,廖,就待在这儿吧,你可以住在这里。——怎样,他可以的吧?"

"当然,当然可以。"

"你可以在这儿学到很多东西。学学德国人的党务工作,也看看人家怎么组织集会的。你打算什么时候回家?"

"一拿到钱就走。"

"何必着急。这里也有很多事要做。我们这些来西方的人可都肩负着往祖国输送知识的重任。"

"跟你父母睡觉去吧,"复立转向年轻的姑娘说道,"我和廖留在这里,今晚我们得彻夜长谈。"

"下个星期你就自己住在这儿。我们要去鹿特丹,那儿有中国船员的聚会。在外国的国民党右派代表也会参加。我们必须竭尽所能向我们的同胞解释清楚现状。我们的处境很艰难。我真希望你已经能像我的这位德国女同伴一样熟悉工作了。你在听吗？"

廖寒时正背对着房间观赏院中的景色：石子路面上深色的影子，纺织厂办公室内亮着的灯，还有依旧湛蓝的天空。不过，无论是屋顶间的那一抹蓝，还是影影绰绰的院子，又或者亮着的灯，这一切对廖而言都更像是一种回忆，而非活生生的现实。"很久以前，在回家的途中，我曾在德国柏林，我的朋友复立那里留宿过。我站在窗边，屋子里并排挂着李卜克内西、罗莎和陈独秀的画像。我甚至还能回忆起那是在一个傍晚，下面院子里还点着一只灯笼。"

"你听到我说的话了吗？"复立扯了扯他的袖子，"真希望你有我这位年轻的德国女同志一半那么熟悉工作就好了。"

"跟她在一起，对你来说好吗？"

"当然很好。她跟我之间配合默契。你也一起去鹿特丹吧，了解一下我们的交流方式。你回头可以自己看看，她人多么优秀温柔。总而言之，她和她家是很不错的避风港湾。"

"你本不该让自己在这个城市陷得这么深的。"

"我却希望如此，这是我的责任。"

......

"日本人和英国人将会收到委婉的提醒，告知他们在这一带的安全将不再有保障。"廖彦凯一边读着，眼中一边露出了

笑意。他替自己找了个好位置。这是一家夹在一条嘈杂街道上的小饭馆,刷着黄色和蓝色的油漆,有旗子和画像做装饰。总之,在廖彦凯眼中,这家小饭馆显得喜庆又带着节日的快活。一群大学生围坐在一起吃午饭,脸上带着互相问候的神情。厨师从柜台后面走出来,像对待老主顾一样招待他。也许这就是他的待客之道,也可能是把他同其他什么人搞混了。

廖彦凯几乎是在弟弟廖寒时前往西方的同一时间投身革命运动的。他非常喜爱这个比自己小很多的弟弟,总是用一种充满爱意的方式小瞧他。其实他内心深处期待着弟弟早晚有一天会与他走上同一条道路。此前,他一直定期给他写信,却不知他收到了几封。这几个星期,廖彦凯一直待在莫斯科。

如此一来他们就相隔不远,在柏林相见也就更容易了。

廖彦凯吃惊地察觉到,与弟弟的见面让他心神不宁。如果那家伙还像以前一样准时的话,那他随时都会出现。瞥到了玻璃门后的阴影,廖彦凯情不自禁地站了起来。他实在太吃惊了,甚至都没有感觉到失望。因为来者并不是他弟弟,却是一个他再熟识不过的人,他之前的老师,也是朋友——陈博士。他们互相抱了抱,彼此稀里糊涂地问候起来。陈博士坐在了廖彦凯为弟弟准备好的餐具前。不过他并不知道这个弟弟的事情。彦凯幼年的时候很喜欢到他那间狭小的乡下别墅做客,那里不仅堆满了书籍,还摆放着各种植物和瓷器。他的脸和双手都不大,看起来柔弱纤细,好像薄脆易碎的化石。在异国都城饭店的桌子上再见到这双手让廖彦凯有种怪怪的感觉。听到陈博士问:"从哪儿来啊,同志?"这个问题让他觉得奇怪。"从苏联。今天到,明天走。您呢?""我也才来了几天。我原来在司令部的农业专家委员会做事。不久前我们委员会脱离军队,自立门户了。我只是来进修的,这样就能再回到我的位置上。""那你有什么消息吗,同志?""要是你今天才到的话,那你的消息就是最新消息。"

这时有人轻轻拍了下廖彦凯的肩膀。"哥。"他早把他抛在了脑后。他们简短地问候了一下,在陈看来,这就好像是平凡的日常寒暄。弟弟一言不发地坐了下来,好像生怕一不小心就会打断他们的对话。他们又谈了一会儿后,陈终于站了起来说道:"这是我的地址,常来做客,同志们。"做哥哥的回答道:"我就不了,不过我弟弟会的。"

陈博士轻声地、稍微有些摇晃地走出店门。弟弟讲了几句无关紧要的话以克制住重逢的激动:"他到底是谁啊?""你不认识他?他1924年在广州工作过,是我们的朋友,他说——我们靠近说。"他继续补充道,"眼下,想要跟我们做朋友可不难。"

直到此刻,哥哥才将弟弟上上下下瞧了个遍。这一瞧一下打破了他心中一直以来对弟弟的印象。他瞬间就明白了,这个小伙子已经长大了,就像他自己一样。他们沉默了几分钟,努力调整好气氛,好从刚才中断的地方继续聊起。

终于,年轻些的弟弟开了口:"你之前是对的,我错了。现在说什么都没用了。我没能参与其中。应当在家的时候我却没有在家。"

他们站了起来,在角落里重新找了张桌子。廖寒时抓住哥哥的手腕说道:"说吧!"

"你问吧,随便从哪儿开始。"

"塘司。"

"在塘司,无论男女都没人敢穿着丝织衣服上街。也没人敢坐黄包车,当然也没人敢拉车。"

"咱们的父亲到了塘司,想乘车去港口,结果车两边出现了六名劳力。他们就在某个街角等着咱们的父亲,就那样站在街上,我简直无法想象。"

"他不仅步行去了港口,我是说咱们的父亲,还走了整整20公里,从他的土地到塘司,并且横穿了整个城市,背上还背了个包裹。"廖寒时问道:"人们真把他赶走了?"

"对,我们把他赶走了,然后把他的土地财产都分给了农民。他现在和一大家子亲戚暂居在港口一处破烂的地方。"

"他很痛心吧?"

"他痛不痛心关你何事——他压根也没怎么伤心,他是个狠心肠的人。我也不知道他最近变成什么样了。"

"我在军队里做指导员,同部队一起从广州出发,向北行军,直到上个月才离开。因为在这期间,我被选定派往苏联。我今天来就是为了看看你,明天晚上就得回去。"

弟弟赶紧说:"我有护照,我跟你一起走。"

哥哥答道:"不,不行,你必须待在这里,我们有任务给你。"

"我已计划好了,从苏联回家去。"

"那儿还有很多事要考虑。你晚几个月再回国。在这儿学习还有工作,对,你要在这儿学习工作。回国时肯定会大变样的。现在我们需要你在这儿。"

时间从下午到了晚上。他们点了晚饭。由于一直说话,他们的下巴有些酸痛。廖彦凯不禁想到:为什么对我而言,这个人如此重要？就因为他是我弟弟，又或者因为他是我的同伴，还是因为他是所有一切？他的脸，那张仍显稚气的脸，因苦苦思索而露出深深的倦意。

"我那儿都是好伙伴、好朋友。你呢，还没结婚？"

"哦，当然结了。"弟弟笑了出来，因为哥哥严肃的脸庞上露出了一幅不知所措的神情。廖彦凯想到了女大学生桔熙，他把她也带到了莫斯科。晚上，在她摘下眼镜、卸下身上的书卷气后，是那样的温婉柔和。他不知该怎么去形容她。

"是个什么样的女子呢？"

"就那样。"廖寒时想道：他妻子根本不可能像我一样爱他。他有一张并不常见的脸庞，透着严肃、庄重与健康，所有这些都杂糅在一起。

店里客人进进出出。最终，店主来到他们的桌子前，一言不发地请他们离开。这个店主与伦敦的小个子马不同，如果是他的话，现在早就让他们上楼了。"我们现在去哪儿？""我们直接去火车站吧，反正在哪儿谈都一样。"

他们乘车去了火车站。廖寒时想着他是否非得留在这儿不可，但又觉得羞愧，便将问题压了下去。他们坐进候车大厅里开始交谈。困倦不堪、瑟瑟发抖的旅客已开始排队等候早班车，他们用不信任的眼光打量着他们两人。终于，他们把所有重要的问题都理了一遍。会面很顺利，现在他们可以放心地分别了。

下午了。候车大厅里，第一批人排起了队，可以看出他们都是要往东去的。其中有很多来自波兰的农妇。到时间了，他们一起来到站台上。"听着，你尽可以去拜访陈博士。他虽瘦小,却知道很多。"白色的站牌翻了上来,上面写着:尼古日捷。正如公路末端的最后一个指路牌,这个站台也已成为一个转折点。分别并没有让廖寒时感到难过。当他独自一人乘车经过这个城市的时候,依旧可以感受到哥哥的存在,就好像某种物质一般,这让他觉得很温暖,也让他变得更加机敏。

……

"儿啊,这么久后又获知你的消息,真是让我们高兴。对上了年纪的老家伙来说,不知自己儿子所住城市的名字,实在让人难过。不过你若能回来,对老头子我而言将是莫大的宽慰。那笔钱我会通过尊敬的驻广领事欧文先生,从对外贸易与信贷银行给你转过去。千万不要有所顾忌,赶紧回家吧。你可以乘东方白星号二等舱回来。

"我们重回庄园已经好几个月了。我早就知道,在我有生之年肯定会回到这里的,也一直这样跟你娘说,你娘这段时间可是受罪了。除去地税,最困难的日子已经过去了。新省长是齐易迎。我虽然更乐于看到其他人坐在他那个职位上,不过当我打算去拜访他时,发现他还是个能说话的人。他向我们保证,一定会惩罚那些最可恨的罪犯。乡里判给了150摩尔根[①]的土地,这些地不是一次性付清钱了事,而是得一直交租到1950年。我叫人翻修了那些破旧损毁的房子。你肯定认不出它们了。"

---

① 旧时土地面积单位,1摩尔根等于0.25—0.34公顷。——译者注

"钱已经到了，"廖寒时说道，"我才不去他那儿呢。我要去组织派我去的地方。这次归程看来与我们设想的不同。"

"船什么时候启程？"

"7日，从马赛走。"

复立和年轻的巴克尔小姐迅速地看了他一眼。廖的脸上露出了点儿笑容。同样无力、夹杂着些许痛苦的笑容划过三人的脸庞。他们早就对对方建立起好感。

"昨天我碰到杨了。我信任他就像信任你我一样。我给他看了我们的文章。就这，白纸黑字的，把这段读出来：靠着工人大众和劳苦农民的支持，国民政府的蒋介石已占据了十个省份。在此紧要关头，面对是将革命进行到底还是背叛群众的抉择，蒋介石的回答是：在上海大街上以维护资产阶级秩序的名义公然枪杀两百名工人。"

"他读了这个……"

"是吗？"他说道："我对这些做法无话可说。"

"这可以理解吗？"

"当然能理解了。他是商人的儿子，大学生，只不过又回到他原来的阶级去了。"

"那你跟我呢？"

"我们继续斗争，组织需要我们。"

"肖、李，所有几个月前还同我们一起庆祝的家伙，如今都躲了起来，再也不会与我们同桌而坐了，更不用说这儿了，都已经30天没来了。"

巴克尔夫妇走了进来，默默地坐了下来。他们仔细看了看廖，很清楚此次归程对他现在意味着什么。巴克尔夫人一边叹气,一边站起身来,将碗碟摆好。廖的心中忽然升起一种感觉,这感觉近来常有:这里的每一张脸庞、每一件器物,甚至是在昏暗的屋内发出近乎耀眼的蓝光的小饭碗,仿佛已经越来越远,越来越苍白。

廖寒时走到窗边。纺织厂发出的轰鸣声充斥了整个院落,邻近的住宅也未能幸免。他还是头一次在这个仲夏站在这儿往下看,纺织厂还没下班,里面亮着灯。他惊奇地看着一张张面色苍白、全都朝向一处的女工脸庞,还有她们统一的动作。在此之前,他对她们的认知还停留在大致轮廓的层面。他知道,这里30个女工的工资是43芬尼。他熟识这条街道胜过了自己住的街道,了解老巴克尔夫妇超过了解自己的父母。但是眼前熟悉的院子、深色的石子路,还有工厂明亮的轮廓,这一切于他而言仿佛已不再是活生生的现实,而已成为一种回忆。

廖寒时想:有时候,在一段旅途中,留宿几晚的小客栈会让人心生眷恋,想要永远留下来。离开这里比离开父母家要费力得多。——也许现在哥哥也这样站在他窗边,同样的消息让他心生难过、思绪苦涩,迫使他离开他所珍重的地方。

廖彦凯和妻子住在一座老式的、花园环绕的房子里。房子之前属于一位银行家所有,后来改造成莫斯科中山大学的学生宿舍。房子里洒有破碎的镜片,剥落的絮状石膏也随处可见,这使得整个屋子看起来像一直在搬家一般。宽大的、铺有木地板的大厅是40多位学生的寝室。廖彦凯与妻子,还有他几个星期前刚出生的孩子一起住在顶楼一间狭小寂静的屋子里。在他们的房间里,仿佛连时间都陷入了沉寂。他们的同伴们偶尔上来到这个房间换口气。

廖彦凯和他的妻子此刻正在互述心声:"我们彼此相爱,始终相濡以沫。现如今却到了分别的时刻,我们要回国斗争,只得将孩子托付给国家了。"

廖彦凯本想在妻子不在的时候将孩子送走,以减轻离别之痛,但她却坚持亲自将孩子送走。她很平静,仿佛她的心和孩子只是两块石头。不过廖注意到她的眉毛一直在抽动着。

"1927年11月3日,两人签名将他们的孩子交给孤儿院。他们把孩子托付给国家照料、教育,也为了日后他能有所成就。"

妻子先他而行。在快要回国之前,他又去看了孩子。他站在窗边,两手抱着孩子。些许温暖——令人陶醉、充满喜悦的幸福感正在消失,他的父亲在几个儿子降临于世时也曾感受过这幸福感。吃饱了的孩子充满了困意,闪闪发光的小眼睛愣愣地盯着他瞧。他将孩子送了回去。希望有人收养这孩子。他以后会这么做的。但是他清楚:以后其实就是永远都不,而其他人,也与他并无二致。

······

雪白色的亚丁湾码头逐渐消失在视线中。不时地盯着一个方向凝望也只是徒劳一场,海岸线早已化作一条细线,飘渺虚幻,与地平线融为一体。他们走开了。"我们正好走了一半行程了。"他们低着头,缓缓朝甲板上的躺椅走去。廖寒时背对大海的那一刻,忽然觉得自己已越过了那条将乡愁与临近家乡的激动不安划分开来的界限。

出发前,陈博士就与他在马赛碰了面:"同志!有一次,我们三个在柏林一起吃过饭,你,你哥哥,还有我。我看,我们这回乘的是同一个船舱。看来我们要在如此动荡不安的情况下回去了。"

他们将躺椅摆在一起,读着晚上在亚丁买来的英文报纸。他们的脑袋紧挨着。廖说道:"是这样的:他派人将广州的工会领袖抓了起来。看样子,他们已经惨遭杀害了。"陈回应道:"他觉得有必要采取这种措施吧。"廖一直在读报纸,偶尔会问陈一个问题,不过对方总是如此回应道:"不要自我折磨了,现在怎么能从一团乱麻中找出真相呢?很快你就会亲眼见证一切了。"

廖向后靠了过去。现在正值上午,甲板之上弥漫着难以言喻的炙热气息,好像黏稠的物质一般。海洋与天空均泛着白色的光,恰似笼罩在发亮的小圆环编织成的细网中。廖闭上了双眼。他思考问题的时候,从来都不会回想以前。过去一年已太遥远,不值得再去拼凑那些零碎的画面。他想的是到达后的事情。组织会把我派往何处呢?我能起到作用吗?我必须多睡觉,到达时一定要精力充沛、头脑清醒。我还能再见到哥哥吗?如果我在那儿再待两个月的话——但是组织可能马上就派我出发。为何又要等他呢。没人能再相见了。

可是紧接着,院子上方的那扇旧窗户出现了,他被逼着透过它,观看对面内部亮着灯的工厂。他看了又看。院子上方的天空还透着蓝,屋里却已点起了灯。身后的门忽然开了。他丝毫没有兴趣回过身去,却仍是这样做了。他的心害怕得几乎要停了下来。屋子中间坐着陈博士,他刚刚走进来坐在那里。廖不知道这有什么可怕的，但他又确实感到害怕，他的呼吸都停滞了。这不太对头，他想道。陈已经出发了，我们俩都出发了，但是陈却说，他觉得有必要采取这种措施。

廖叹了口气，陈转向了他。他直挺挺地俯身于廖的上方，仔细地打量着他那张熟睡的脸庞。他多年轻啊。透过他不算宽阔的额头，人们甚至可以看到他的各种思想在一闪一闪地跳动。这样盯着他的脸庞看上一刻钟，甚至半小时，陈也不会觉得累。三四架留声机内飘出刺耳又嘹亮的音乐，回荡于天与海之间。烟雾朝后甲板袭来，空气中有一股发苦的味道。一位身穿红色制服的年轻人推着冰激凌车穿梭于唉声叹气的行人间，卖着柠檬和其他水果。廖寒时坐了起来。他的衬衫和头发都被汗浸透了。他站了起来，走向栏杆。海面一副波澜不惊的样子，唯有涡轮机搅出的厚厚泡沫不停地啪啪作响，好似黏在轮船两旁的机翼一般。三艘船正在海平面上探查，向每艘船后望去，天空与海洋都仿佛折合在了一起。伴着苦涩的悔恨之情，廖想起了四年前动身时的情景："倘若那时没走，现在就不用回来了。这样折磨自己又有什么意义。我一定要弥补这段弯路。"陈这时也来到了他的身旁。

他们一路上已习惯了彼此在一起，所以都不会留下对方一个人。廖将视线从水面收回，陈也跟着这样收回目光。他忽然说道："看，那下面，她可真漂亮。"他所指的地方站着一个女人，长长的秀发映衬着娇小、棕色的脸庞，膝盖以下露在外面。廖心不在焉地应付道："漂亮，太漂亮了。"陈又说道："那个羸弱的小家伙可是她的孩子？她可真漂亮。她为什么坐二等舱？"有那么一刻，年轻的廖对陈的神情很是吃惊。看着这样

一张表情变幻如此迅速的脸,他心中划过一丝不安。这之后他笑着说道:"也许她很小气呗。"陈叹了口气,好像没了这个年轻人,他什么也做不了。

夜晚,酷暑逐渐消退,陈变得话多起来。"你哥哥在苏联?""他还在那儿,不过马上也要回来了。""你不想先去苏联吗?""不,以后吧,等我回国工作后。"他这样解释,陈好奇地听着。"你投身革命比较晚,却能保留自己的意见,你是怎么做到的?""这很简单,一旦我理解了我们斗争,就会坚定地维护自己的立场。倘若人们终于开始思考问题了,那自然就会想明白了。""我早先认识你父亲,他有自己的庄园?""人们本来没收了他的庄园,不过后来又还给了他。他原先做过官,挣了一大笔,就用积蓄买了那处庄园。"

他们一起走下甲板。廖躺在床上睡觉,陈也躺下睡觉。陈想探过身去观察廖熟睡的脸庞,一开始,他压制下心中的愿望,一动不动地躺着,嘴唇紧闭。忽然,他哗地一声翻过身去,盯着年轻的廖看起来。只见他像小孩一样将脸埋在手臂中,因此陈只能看到他的后脑勺,上面长着厚厚的、乱蓬蓬的头发,它们在这次旅行中被折腾得乱七八糟。

船在新加坡停靠时,他们去了中国城,仿佛是在为回家预热。廖暗想道:他没有任何激动的感觉,或者他将这种情绪隐藏了起来?近来他一直很沉默,好像这一路上已耗尽了他积攒起的话语。他们乘车回到船上,并排站在一起。有一次廖问道:"你什么时候离开广东?""不知道。"

绕过马六甲海峡,轮船正穿越最后的纬度。廖现在整日沉默寡言,快要到达的肃穆感像离别一般压在他的心头。

他们于5日到达了广州，随后一起清理了他们的船舱。"保重，同志，这儿可是比上面强。""保重。不过入港还要有个把小时，我们在上面还会待在一起。"廖急匆匆地跑到甲板上，陆地、港口、城市在晨曦中逐渐浮现出身影。他不知道入港用了多长时间，等他意识到的时候，船已经靠岸了。陈一直站在他的身旁。

下船用的跳板仍然封锁着。不过，一些政府人员倒是迅速跑上船来，他们身着崭新的、陌生的制服，这让廖觉得很奇怪。陈忽然说道："待在这儿，我很快就回来。"廖站在那儿，望着港口。陈同两名官员一起回来了。"我们以国民政府的名义逮捕你。"

陈想尽快离开这里，但是他并没有走，而是站在那里，直到他瞥见廖脸上的一抹神情——那是无法言喻的惊讶。他们通过跳板将廖寒时带走时，他一直紧跟在后面，直到走在前面的廖踏上祖国土地。他走在两名官员之间，他的手腕被铁链牢牢地绑住。

……

廖彦凯到达上海时，想找个知道他弟弟情况的人聊一聊，但是没有人能给他提供消息。也许可以等等广州来的朋友，他们可能知道更确切的消息，但是廖彦凯在这期间收到了动身去红色根据地的任务。不过他动身的时间还是延迟了：下面派来接他的两名同志迟迟没有出现。

廖隐约感到弟弟出事了。偶尔会有一阵让人抽搐的痛楚席

卷他全身,那痛楚就好像失去手足一般。相反,他几乎未想起过他的妻子,还有被他们留下来的孩子。最终他没有同广州来的人交谈,便出发了。军队已在上海集结,这意味着将对红色根据地展开新一轮的打击。他必须提前带着任务向南出发。由于与他同行的人一直没有出现,他只得独自前往。

每过去一个小时,就离危险越近一步——这倒算是一种解脱。自从他上了船后,想到弟弟时几乎已不再觉得痛苦。绳索不断迅速平稳地交替着,产生少许的弧度,将他与岸隔离开来,也让他远离纠缠不休、让他心情沉重的一切事物。站在甲板之上,他觉得自己的身影在这清晨愈发突兀。危难之中总有那么一刻,一切都取决于他,也仅取决于他。他和大家是不可分割的,如果他能够渡过难关,那么成千上万的人便可以渡过难关。他在发亮的黄铜钟上随意迅速地瞥了一眼自己的面孔,它看起来严肃庄重,是位可靠的帮手。

由于一队要逆流而上的士兵,轮船在最后时刻被封锁起来。平民百姓被分配到一间船舱里,还有官员,以及身穿破旧衣服的商人。大家立刻开始吃喝玩乐起来。廖与人闲聊了一会,又打了几回牌。他现在的心情,好似身上罩了一个玻璃罩。他坐在那儿,也玩也笑,却与所有人都隔绝开来。一有剧烈的动静它就会"叮叮"作响。一个秃头发现那面折窗属于餐厅。他们充分利用了这扇窗户,尽管他们一直都在大吃大喝。桌子上摆满了瓶子和油腻的餐具。轮船发出一阵翁鸣声。三个能吃的家伙觉得恶心,但是守卫不让他们通过,紧接着爆发出一阵响亮的笑声。他们尝试着将小窗户打开,但是螺丝却被石膏固定住了,但他们都醉了,还笑得浑身无力。廖往小窗户外看了一眼。水面上泊着一艘军舰,舰上的探照灯发出巨大的光柱,盘旋于天地间,隔一阵就会照亮整个船舱。一个男人从上衣中掏出一叠相片,上面是或丰满或瘦削的女人,影像已经被粗大的拇指印弄得有些模糊。大家以此作乐了一番,接着又陷入了疲惫又闷闷不乐的情绪中。此时天色已亮,晨曦中,逐渐变淡、变细的探照灯光依旧无力地晃动着。

到了下一站,船上下去了一批士兵,又上来了一批新的。他们被允许离开船舱到甲板上透透气,紧接着又被关了起来。他们依旧大吃大喝、玩乐起来。那个秃头为大家表演了纸牌魔术。每个人看起来都面目浮肿。廖从窗户向外望去,灰蒙蒙的岸上,零星的几艘船上都亮起了灯,已经是第二晚了。

接下来的一天,船停在了荻港。

他们心情躁动地听着士兵们走动发出的沙沙声,直到他们全下了船。餐厅的折窗从里面锁了起来。他们百无聊赖地蹲坐在堆成山的油腻的盘子旁。总算有几个人获准出去,不过很快他们又得再次等待。终于,门开了,只见一位军官堵在门口,身后是一队士兵,他锐利的眼神扫视过船舱的每一处。秃头被抓了起来。他耷拉着的双下巴好似脖子上一块宽松的破布。突然间,此情此景有如强光照进记忆深处,廖彦凯一下子想起来他曾在哪儿见过这个秃子:那是在海员工会的委员会上。他也是肩负任务、被派往南方的同志。此时,他多肉的脸上,一双圆眼射出两道锐利、灸热的目光。他也同样认出了廖。

现在他们都可以出去了。这座小城市挤满了士兵。空气中都是军队伙食的味道。所有人,包括廖,都像受到吸力一般,

纷纷涌向集市广场。

　　台子上，蒋介石军队的人正在讲述新战争的事情。廖彦凯仔细打量着那些士兵，他们麻木、无神的脸庞和他们的制服仿佛是用从同一块坚硬的料子裁剪而来。上一次战役就因为士兵软弱而失败了。他们进驻占领的村庄时，看到了苏联的旗帜和标语，队伍一下混乱起来，溃散而去。不过这些新兵看起来不像会捣乱的样子。他们仿佛准备好随时向任何一个朝向他们的人开枪。讲台上突然跳上来一个年轻人，他整个身体都大幅摆动着。长长的手臂投下一道阴影，从那排整齐的面孔中冲了出来，撕裂的声音放声喊叫："同志们，士兵们——"刚刚还呆滞的群众突然挺起了身，随后又退了回去。几只胳膊将他拽了下来，他们把他拖走的时候，他可能已经死了。廖又看了一眼他脸上的神情——难以言表的惊讶显露在脸上。廖彦凯忽然意识到他弟弟已经去世了。想要再见一面只是徒劳。一阵剧烈的痛贯穿他全身，然后慢慢散去。

　　中午时分，他和一群农民离开了这座城市，他们越过田野，直奔后河边的下一个码头。

······

　　一天夜里，农民田世立忽然从床上爬了起来，因为他在睡梦中浑身上下都有一种感觉，那就是再也没有时间等原定从上海来的情报员了。

　　几天前，他孙子带来了一则消息，说两名从南方派来、负责到上海接应护送情报员的同志在后河被捕了，并且可能已遭到枪杀。田和他的孙子估计到：上海的情报员应该会等上两三天，但是任务紧急，又必须在攻势展开前抵达，所以他肯定会按照既定路线独自出发，途径一个个村庄，大概需要三四天的时间。

田世立长了一副壮实、挺直的身躯。他唤醒了一家人。即使他们刚刚清醒、彼此还在来回穿梭之际，脖颈与声音间便已显露出新的一天给他们带来的巨大压力。所有人都清楚，在刚刚过去的那个夜晚，又有几百名士兵渡河安扎完毕。大人们或是吃不下东西，或是唉声叹气。只听见孩子们贪心地吃着饭，大声地发出咀嚼声。他们低弱的哀怨声更多了。

这之后，小茅屋的门被打开了，外面是起伏的、褐色的土地，所有人都出门去务农。田走在前面，后面是他的儿子，还有年纪最大的孙子，他们三人身材看起来差不多，好像兄弟一般，女人们则带着锄头、筐，还有孩子们。他们一起横穿过两片平整的山坡。灌溉池中的水正流向一小片水洼，水面倒映着粉红色的天空——那本是一个弹坑。不远处有一个更大的、同样被水填满的弹坑，它仿佛还梦想着痛饮似的。在它旁边有一处悲惨的、已无人烟的村庄。空茅屋的残骸已在地里腐烂开来。全家人在他们还未遭损毁的一小块土地上充满干劲地劳作着，想在军队到来前再做些有益于它的事情。

正午时分，田世立第一次直起身来。一群人带着棍子和篮筐朝他们村走来。他们从后河而来，距这里有几个小时的船程。田环视了一圈这些人熟悉的身影，没看到任何陌生人的迹象。——他头一次叹了气，既为徒劳的等待，也为可能已逝去的生命。不过，他那已经再次躬身准备劳作的儿子说

道:"他可能还要更久点儿才能到。"晚上,田为客人摆好碗筷,他一边挥手驱赶走苍蝇,一边听着外边的动静。夜里,传来了一阵脚步声,这些人可能错过了最后一班船。在廖尚未敲门之际,门已从里面打开了。廖坐了下来,开始吃饭。田家人都看着他。尽管又饿又累,但是他每呼吸一下,就多了一份安全感。

田世立说道:"你在这儿基本上是安全的。周围都是我们的人。我儿子会带你去池宜。在打第一次仗前,那里是我们这片儿的苏维埃政府所在地。最北边的那个村子,就是你来的那个村子,是连接地带。但是遍地都是北方军安插的亲信和眼线。如果军队从后河后撤走,那么我们的划分范围又变回了以前那样。"

第二天早晨,廖和田的儿子一起出发了。他们步伐一致,两人都感到很遗憾,他们一生中相聚在一起的时间竟只有短短几小时的路程。廖讲了苏联的事情,他的同伴如饥似渴地听着。廖讲述了足够他琢磨好几十年的东西。田的儿子嘱咐廖道:"到了池宜,你一定要打听阿申这个人,他是个制钉匠。这个地方管事的虽然是蒋介石的人,他们会监视每一个人,但是没人告发过阿申。谁想让自己的脸破相呢?这个阿申是一支很厉害的红军部队的首领。据说,他马上就得离开铁匠铺,重新召集他的人马。"

他们在抵达池宜前道了别。这个制钉匠是个身材矮小、肤色黝黑的男人,看起来皱皱巴巴的。廖走进他的铺子时,里面满是顾客。他正修理着各种老旧的铁器。廖只在他眉毛一扬的举动中察觉出,他已知晓这位新顾客的身份。廖留在了铺子里过夜。两人像商量好的一样，彼此都不过问对方的事情。阿申只说道："后湖本是我们这条河的延伸。在上次的进攻中，长江上的军舰一回也没到过后湖。湖的另一头就是李屯。你到了那儿，就算是到了目的地了。"

清晨时分，阿申便开始敲打起他的铁块儿，摆弄老旧的钳子和钉子，检查生锈水桶的结实程度。廖动身要离开时，铺子里又已挤满了各式各样的人，他们带来各种奇怪至极、早已用坏的铁制品，七嘴八舌地围着阿申站着。廖没有向他告别，悄然离开了铁匠铺。

不用再乘船的感觉很好。他又穿过了后湖左岸的三四个村庄，中途未作任何休息。这之后，为了避免碰到政府军在边界的守卫，他在离岸很远的地方，拐了一个弯，直到夜幕降临时才绕远路回到岸边，抵达一座较大的村庄。他心中疑惑，不知是否已到达目的地，却又不敢向别人打听。他花了几分钟时间在这座熟睡的村庄中转了转，然后在一幢新建的巨大木制建筑上看到一行字——苏维埃根据地及李屯学校所在地。屋顶上插着一面旗帜，在潮湿的夜中已然起皱。廖感受到一股震动。几年前，当他第一次在北方穿越苏联边界时，也受到过类似的震动，只是这次的震动更强烈。就在刚才，他所踏过的那片土地还只是一块阴暗的、充满不确定性的舞台，现在却成了他生命的基石。他敲响了木楼的大门。屋里传来沙沙的声响，一束烛光划过两三扇窗户。在等待的时光中，廖想起了他的弟弟，不过他已不再心痛。他又想起了他的儿子，他现在一定健康又强壮。他们彼此并不需要对方。屋内的灯又灭了，可能因为他并没有大声叫门。这次，他挥

动着双拳，恼怒地敲打着门："喂，喂，里面的人，听到了没，决定了没，快开门！"

后　记

1932年，安娜·西格斯的长篇小说《战友们》出版之时，柏林正扮演着国际政治重要舞台之一的角色。正如维也纳与巴黎，这儿也涌入了第一批政治流亡者，他们都是一战之后、20年代前中期各种革命斗争的产物。他们中有的来自巴尔干半岛、曾领导保加利亚农民进行共产主义革命的流亡者；也有来自霍尔蒂统治下的匈牙利、曾经跟着贝拉·库恩干过革命的流亡者；还有来自波兰的同志，以及被驱逐出墨索里尼统治下的意大利的流亡人士。就连事后描述这些受迫害者命运的本书作者此时也已踏上了自己的命运之路。白色恐怖这些年来所制造的骇人听闻的事件尚停留在人们的记忆之中，德国资产阶级就转而通过公开的独裁方式和赤裸裸的恐怖行径来维护自身统治。原本可以向别国同志提供帮助的德国反法西斯主义斗士，现在却不得不在反法西斯战争中去他国寻求帮助。

1928年，安娜·西格斯凭借短篇小说《圣巴巴拉的渔民起义》荣获克莱斯特奖而一举成名。小说讲述了贫困的渔夫们因饥饿而起义反抗商人和船主的故事，这里已涉及了决定她日后作品的主题，那便是20世纪影响深远的社会动荡和英雄史诗般的阶级斗争。不过小说中并没有明确表明这些斗争的时间与地点。但是在她第二篇短篇小说《在去美国大使馆的路上》（1930）中已有了明确的斗争方向。此篇小说主要记录了针对萨科和凡泽提被处死事件的抗议示威活动。紧随其后的《战友们》则紧扣当时最令人热血沸腾的历史事件。从匈牙利苏维埃共和国的解散到中国红军早期军事活动，几个具体角色的命运成为战争期间整整一代共产党人的斗争与磨难之路的写照。示威游行、罢工、武装起义、在自发无序的大众中坚持不懈地进行宣传、地下斗争、逃亡、受迫害、牢狱生活、各种残忍的刑讯手段、枪毙——这些就是英雄所面临的境况，而英雄并不是具体哪一个人的名字。

但这一切都只是开始。就在本书出版后不久，本书作者视之为警告、想要以此呼吁大家不要忘记过去的事物，被赋予了新的、紧迫的现实意义。世界经济危机连同因它而起的各种斗争造成了国际无产阶级新一轮的巨大牺牲和苦难。安娜·西格斯凭借着自身对精确和尖锐的执着，以张弛有度、几近报道般富有诗意而又客观的写作风格记录下了各种历史事件。流亡生涯、与外国同志的合作都让她更加接近其笔下的人物与场景。从叙述1934年2月奥地利工人起义与被镇压事件的《二月之路》（1935），到享誉世界的集中营小说《第七个十字架》（1942），再到流亡小说《过境》（1943），安娜·西格斯不仅记录了中欧工人阶级的苦难之路以及他们灾难性的分裂历程，更记下了他们当中优秀同志所作出的充满牺牲的英雄般斗争。

《战友们》的核心是一位不知姓名的反法西斯共产主义战士。他无处不在，讲着各种语言。今天他遭受迫害、被关押、被杀害，明天就在其他地方以新的名字重新开始。安娜·西格斯的笔掠过一座座城镇、一处处聚集地，而起义正是从这些地方拉开序幕。她向我们展示了团结一致的洪流如何席卷整个世

界。反抗资产阶级世界范围内暴政的国际主义斗争在各民族反法西斯解放斗争中达到了高潮,并取得了胜利。今天,作为书中主要战斗舞台的那些国家——匈牙利、保加利亚、波兰和中国——正以人民民主政体的身份向着社会主义未来前进。那时的同伴们,曾经的地下战士、被关押者和被驱赶者,如今正掌握着本民族的命运,他们早已成为更美好生活的同伴们。

(张帆 译)

将新纲要送往南方委员会

霍山西北一幢庄园内的小房子里聚集着中央委员会的成员，他们要在这里讨论通过新的纲要。新纲要将由廖汉新负责送往南方委员会。想要找一个合适的地方进行最后一次商议并不是件容易的事情。之前选的两个地方都作废了。他们先是在上海找了一个合适的处所。警察却突然封锁了整个区，挨家挨户进行搜查。他们的行动尤为迅速准确，这都要拜德国军官所赐，他们被蒋介石请来协助改造他的军队，他正蓄谋着给长江以南的红色根据地致命的一击。

第二个会面地点竟然被泄露了出去。当知情的L被捕后，明哲深立刻就取消了这个地点。一开始他的朋友们都觉得没必要这么做。虽然明哲深很擅长和人打交道，但是他太容易起疑心了。经过此次事件后，他的疑心更重了，因为L在刑讯中将他知道的一切人与事都供了出来。

他们现在所处的这幢小房子是与主楼隔开的。庄园主人将它留给了自己的朋友兼儿子家庭教师的文学教授B，他同家人则去了海边的夏日别墅。B暗中同中央委员会保持着联系。

B只负责提供房屋，并不参与商议。他与其他三位同样不参与商议的来访者一起出去转转。他向他们展示了一些出土的

文物、墓碑和陶器,这些都是最近在庄园的工地里发现的。他们对外宣称,所有在此聚会的人都与这些发掘有关。

委员会成员在园中的房子里不受干扰地开会讨论。从长江以南的红色根据地传来的消息,使大家非常不安。南方委员会在那里执行的是两年前制定的纲领,但如今这纲领已经跟不上事态发展的步伐。就其效果而言,甚至可以说这纲领变得有害了。

南方的苏区像水母一样漂浮不定。只要国民党军队一入侵,他们就得不断迁移。有时候,被隔开的各个区域可以与主要根据地连起来,庄园主和富商们就会逃离这些红色根据地。

德国将军泽克特与他的整个参谋部都在协助准备与红军的决战。炮舰已把守着长江口。负责将新纲要送往对岸的廖汉新是个高高壮壮的北方人。他此刻出现在众人商议新纲要的房间里,他的脸棱角分明、没有皱纹,仿佛无论是他自己的青年时代还是整个民族的百年岁月都未在上面留下过任何痕迹与瑕疵。他并没有参与到讨论中,只是两眼不时地发出坚毅而专注的光芒。

新纲要里有一些重大修改,内容如下:

红军驻扎后,不得再将土地不加区分地一并没收分配。大地主的财产必须没收。未达没收标准的中农可以保留自己的土地,同儿子和少数外来帮手一起耕种。

至于那些小商店和小作坊,只有在雇工超过一定数目的情况下才应被充公。自家经营并且雇工数不超过五名的,则可以保留自己的财产。

只有显然和无疑为国民党出过大力的人,才可被视为人民公敌。参加过国民党的普通百姓、大学生、工人、雇员及其他人,没有特殊情况的,均可以继续工作。

廖汉新默默地听着所有的修改依据,包括反对修改的异议。在确定纲要最后一点的具体内容时发生了激烈的争论。突然,有人朝屋子方向跑来,所有人都把头转向脚步声传来的方向。只见年轻的园丁跳进屋里。他喊道,他们被发现了,必须马上撤退,同教授一起的几个人已经在庄园那头被捕了。明哲深站起身,示意同伴们再等等,他还有话要讲。尽管商议时间缩短了,他仍要求大家通过新纲要。随后,他让廖汉新按照既定路线尽快将通过的新纲要送往南方委员会手中。这时他才宣布会议结束。

按照计划,廖汉新应先前往汉平。通往主干道的路都有人暗中监视。于是廖汉新决定先在庄园里过一夜。他跟在刚刚给他们报信的年轻园丁身后。明哲深之前再三叮嘱他说:要当心这个人,你自己也要小心。一旦明哲深信任了一个人,即使是对一个陌生人,他的信任都会给人一种力量,这种力量仿佛能让侏儒变成巨人,以回报他的信任。年轻园丁自己担起了通风报信的任务。他只知道在南方发生了一些事,这些事对他和他的伙伴来说意义重大。而今天警察搜捕的对象正是与这些事有关系的人。他把廖汉新带到了位于庄园工人住宿区的家中,他虽然年纪不大,但照看起廖汉新来就像父亲照看儿子。钻进茅屋后,廖汉新为掩饰自己,摆出了一副随和轻松的样子。他同家中所有人闲聊,上至爷爷奶奶,下至孙子孙女,聊的内容则

五花八门，有在小饭店帮忙的事、有生病的事、有笑话、有游戏，还有菜谱、药方和酿酒的方子。

第二天一早，年轻园丁将他塞进了一辆运蔬菜的车里，这辆车会把农民们送到汉平市场。为了不显得与同车的人格格不入，廖汉新装出了一副随和的样子，尽可能同所有农民搭话。有一位农民很机敏，利用一次嘲弄让他躲过了所有玩笑，这让他特别有好感。廖汉新注意到，这位农民一边在暗中观察他，一边在心中盘算着什么。终于，那个农民问他是否可以替自己到城郊的旋工那里办一件事，因为他自己没空离开市场。廖汉新接着听他讲了铁丝圈的事情：铁丝圈是他儿子按照一件少见的工具仿刻而成的。他儿子跟他一样聪明，并且一直很想到庄园的作坊里帮忙，更想要开一间自己的作坊，但是为了不让债务继续增加，只能同家人一起种地。而那个旋工，也就是他家的堂兄，答应为他免费仿造这种铁丝圈。

一开始，这事让廖汉新觉得很讨厌，但后来他还是答应了。在前往指定房子的路上，廖汉新先去了旋工那里。他不得不逼着自己花了几分钟时间回答旋工的问题。他觉得仿佛此次行程的每一段路途都像他前往指定目的地一样紧迫。这里既没有人力车，也没有汽车。通向市场的道路上熙熙攘攘，好像城里所有的包、筐、甜瓜、南瓜都长了脚似的。

他气喘吁吁地到了朋友家门口。为他开门的年轻人用眼神示意他退回到街上去，尽管他同时客气地邀请他留下来等生病的父亲回来。廖汉新犹豫不决地转身走了。那个年轻人大声喊道："叔叔，留下来吧。"但是他的眼睛却在说：千万不要留下来。廖汉新想，那个年轻人这样说一定是因为背后有把枪指着。

原来，泄露了第一次会议地点的那个人在那次审问中将这处房子也供了出来。房主已经被押走了，特务也早就在等着客人上门。

廖汉新本来应该在这里获取要走的路线的。现在，他只能从下一个火车站出发独自向北前往临淮关了。有人曾建议他避开上海，因为他这一年刚在上海躲过一次逮捕。他的朋友王医生就住在临淮关。他应该会给他指出西边的路线以及路上的每个停留地点，虽然这条路线要绕路，但是更安全。

廖汉新现在形单影只。这条弯路可能会用掉他三个星期的时间。这期间，新纲要无法实施，那也就等于要用掉数十万人的三个星期。他进了一间茶馆坐了下来。一位彬彬有礼、打扮考究的客人坐到了他身边，这让他颇为反感。这人是刚刚出现的，还是从那幢房子开始就一直跟着他的？廖汉新同他闲聊了起来，还添油加醋地向他瞎扯了铁丝圈的故事。这之后，他立马去了刚才那位旋工处，为自己订做了两个铁丝圈。他在作坊里逛来逛去，同旋工讨价还价。然后他去了火车站，让自己混在拎着袋子、挎着包裹等候火车的人群中。火车呼啸而来时，等待的人都一扫眼中的睡意与迷蒙。上了车后，众人在拥挤不堪的车厢里继续站着睡着了。廖汉新因为劳累而变得麻木迟钝起来，根本无法仔细记住每一张面孔。第二天中午，他在临淮关下了车。这时距会议中断已过去两天了。看到城市后面的小山丘时，廖汉新知道自己距离目的地更遥远了。到达王医生家后，他大吃了一惊。之前，他曾安慰自己说，正如树不挪地，王医生也几乎不离家的。没有人怀疑过他，他是名医生，在这个小城镇里深受爱戴。现在，他的妻子却哭诉说，他突然走

了。她一直在等他的消息。她说了一堆他离开的理由。廖汉新清楚，王医生是去暂时替代某个被捕的同志。让他流落至此的抓人狂潮把他要找的人也卷了进去。此时此刻，他同这个家庭一样不知所措了。

几年前，他曾去过城市后面矿山里的村庄。现在他只好又一次去了那里，他像狼一样渴望着人的出现。即使他叫不出这里任何一个人的名字，却仍然从所有的动静起伏中追寻着踪迹。不久，他循着虽细微却不断的线索，来到茶馆里一张油腻腻的桌子前。尽管在他进来时谈话内容变了，他还是在这桌边谈论晴天雨天、儿女爱情、工作工资的聊天声中捕捉到了一个熟悉的声音。他竟然碰到了单敏基，他们因为有共同的朋友而成了朋友。正如廖汉新仍需历经漫漫长路才能到达南方一样，单敏基也是走了很长的一段路才从北方及时赶到这里组织一场罢工的。只是这次罢工同廖汉新要完成的艰巨任务相比实在是微不足道。晚上待在一起时，廖汉新获知了应走的路线。只是朋友们认为，从最近几周发生的变故来看，要想在这条通向长江的路线中绕开上海恐怕很成问题。没人能保证这些地点是否都还安全。鉴于这条路线并不比其他路线安全，所以说到最后还是应该考虑从上海出发。毕竟廖汉新对那里的每一个藏身地点都了如指掌，很快就能与其他人建立联系。他在那里的经验最丰富。

在权衡了一番利弊之后，廖汉新同意了他们的意见。两个方案的风险一样大，但是去上海避开风险的可能性要更大些。时间一分一秒地流逝，这让廖汉新很发愁。可单敏基安慰他说，只要目的达到了，时间便不算什么。

第二天，廖汉新在人潮中奋力挤上了火车。随着火车驶向平原，他的心胸也逐渐开阔了起来。一时间，他与目的地之间只剩下了茫茫平原。不一会儿，颠簸的车厢和拥挤的乘客又搞得他无法记住每个人的面孔。他不时地察觉到针尖一样锐利的目光射向他，可他却找不出它的主人。越接近目的地，他就越觉得紧张。好在他强烈的期盼逐渐打消了内心的恐惧，心情也几乎从紧张转为轻松。

他在郊区下了车。同时下车的还有一位戴眼镜的男子和一个小男孩。在车上时，这名男子就一直悉心照料着小男孩。廖汉新紧紧地跟在这名男子的后面。

他早就注意到那锐利的眼神又从郊区车站熙熙攘攘的人群中向他射来。现在，他可以肯定它来自一个双下巴的男人。那家伙极胖，肚子跟脸一样肥大。廖汉新上了一辆公交车，想要摆脱他，好乘同方向的下一辆车前行。他也要检验一下，是否有人因跟踪他而与他乘同一班车。所以当发现双下巴男子第二次同他乘一班车的时候，他丝毫不觉得惊奇。戴眼镜的男子也上了这辆车，他要带孩子去医院看病。半路上，他就打听到这班车可以直接去医院。廖汉新便扮作亲戚跟着那个男人，一直等到他的孩子打好针，又同他们进了一家小客栈。他在那里摆脱了那个胖子。

这家臭虫遍布的小客栈里几近客满，只有多人合住的大客房里还有两张空床铺。廖汉新在嘈杂的街道、影影绰绰的灯光和臭虫的折磨下筋疲力尽。小男孩不停地哭闹着，他父亲喂他喝下了一杯黄色的安眠药水。同屋住的人此时躺在床上或满腹牢骚，或放声大笑，或依旧清醒，或沉入梦乡。廖汉新盘算着

明天破晓前就乘车前往闸北,这样就能赶在早班前见到他的女友。男孩终于入睡了,戴眼镜的男子去了饭馆。廖汉新坐在床边照看孩子时,忽然觉得两道目光射向他。他一转头,看见那个双下巴的男人像团面一样躺在邻铺上,两只小眼睛紧紧地盯着他,让他觉得可笑。他还没反应过来,门就被撞开了,一队警察冲了进来。廖汉新并没有恐慌,只是很恼火。他想:我太累了,可是我到底哪儿出错了?那个戴眼镜的陌生男人也出现在警察后面。只见他们将那个双下巴胖子拽下床,迅速拖出了屋子,这一系列动作之快使得一些人事后才惊跳起来,另一些人则还在梦乡。廖汉新现在才知道自己到底错在哪儿了。戴眼镜的男子一直跟着那个胖子,而廖汉新则跟着戴眼镜的男人,这样三个人就凑到了一起。事后他才察觉到那锐利的眼神其实透露着恳求与可怜。估计那男子是个普通的坏蛋,骗子或者小偷之流。

黎明时分,廖汉新离开了客栈,乘车前往闸北。他曾在那被抓过一次。第二次差点儿被抓时,他靠着灵活的闪避救了自己,躲过一劫。人们因而都觉得他不可能再出现在这里,这倒是帮他今天躲过了特务的监视。他的女友是工人,早上可以在工厂碰见可靠的人,所以尽快找到女友就等于前进了一大步,所有浪费的时间就可以弥补回来了。

工人们开始陆续涌向工厂。他们透着疲惫的青黄色脸庞在黎明时分显得最有光泽。他在工厂门口撞见了兰惜。上一次见面时,他们曾以为此生难再相见。廖汉新在这期间变化很大,兰惜第一眼竟未认出他来。待到认清后,她满眼爱意地凝望着他。接着,她眨了眨眼,同他并肩走在人群中。他们彼此思念爱慕,都希望这条街可以永无尽头。廖汉新请求她让人送消息或到他住的小客栈里看他。在经历了昨晚的事情后,他觉得小客栈现在很安全。兰惜没有漏掉他说的每一个字,尽管她时而向左时而向右说说笑笑。不过这次不期而遇,还是让她浑身颤抖。随着人群来到街角转弯处时,她将脸再次转向了他。这张脸,这张世上他最爱的脸。再次分别后的每一次呼吸都让他锥心地痛。

此后,他游荡于公园和茶馆之间,去了趟医院,又到各种市场上买东西,为一块蓝布料讨价还价。他最喜欢兰惜穿这种颜色的衣服,可他却无法送给她任何东西。他又去了一间作坊,询问铁丝圈的事;他混进在慈善机构前等着领米而排起的长龙中;他装做买家进了一些茶叶店;他在一家图书馆里稍作休息。他一会儿坐轿子,一会儿乘汽车,一会儿又上了另一辆汽车,一会儿却又步行。他与人打赌;他跟在送葬队伍后面;他进了一家欧式咖啡馆。他看人家游行,参观博物馆和寺庙,同妓女混在一起。他决定做任何事情都不超过十分钟。他就像枚骰子,被一只不知疲倦的手拨弄于碗间。他不知道在这万千人中,谁在盯着他,谁又被他甩掉了。

他的一个姓吴的朋友没有送消息而是下午亲自去了小客栈。他之前很快就明白了:廖汉新又出现在这里了,此中必有深意。他没有提任何问题。对廖汉新来说,吴那张熟悉的脸既近在咫尺,又宛若在梦中一般遥不可及。吴告诉他应走的路线和途中所有可停留之处。

廖汉新第一站到了一位船坞工人那里。趁着从船厂向机械厂运送铁管的机会,他将廖汉新也带了过去。在那儿有人将他

带回了家,并让他睡了几个小时。一抹微笑、一杯清茶、一种特别的酸味、一张年老的脸、一张年轻的脸,透着同样的真诚,再多的他已意识不到了。

第二天早上醒来后,只剩下老妇人安详的脸庞。卡车上还装着些铁管,向吴淞口驶去。现在好了,睡了一小觉后,廖汉新又可以思考了。下一站的联络人姓罗,他不让廖汉新进屋,马上就斩钉截铁地说他没有地方收留任何人。到目前为止,罗都被认为是一个忠诚的人。他是最近才变得胆小起来的。他的一位朋友被捕后,在一次严酷的审讯中招供了一个接头地点。为这事,罗和其他人还痛骂不已。不过从那以后,他开始动摇了。如果一个身强力壮的人都成了叛徒,那他又怎么能熬得住严刑拷打呢?他想:我得赶紧抽身了。他开始躲避危险,廖汉新正是他第一个拒绝提供住处的人。他想以此让自己免遭刑讯的皮肉之苦,也可让廖汉新避免被出卖的命运。

廖汉新此刻独自站在街上,这里已是在长江边上了,炮舰把守着入海口。对岸在烟囱和鱼雷、水汽和烟雾、岛上的村庄和树木的映衬下闪闪发光。像背上长了眼睛一般,廖汉新感到了一阵紧迫感,他必须马上消失在众人的视野中。就在他刚踏出罗家屋子几乎还未走到街上时,已有人到罗那里问他让来访者到哪儿去了。罗暗想道:我算是及时保住了自己。他们早就盯上我了。"一个不认识的人,"他答道,"我不知道他去哪儿了。你们能在去太仓的路上碰见他。"

廖汉新沿着街道从一个工厂来到另一个工厂。他不想让罗扰乱他的心情。这世上总是少不了懦夫和笨蛋。

一辆卡车从后面追上了他,上面跳下来一个人。廖汉新赶紧走进一个院子里碰运气。人们围住了他,他只得解释说,他父亲正危在旦夕。那个陌生人也跟着他进了院子。人们喊来了一个姓楚的年轻人,因为他父亲正生着病。陌生人轮番打量着众人。楚走了过来,谨慎地看了看大家,又小心地瞧了瞧廖汉新——他在犹豫着。他又看到一个陌生人站在那里等着他的回答。于是,他挥手喊道:"真没想到你这么快就来了。"他把廖汉新推到自己家里。他父亲生着重病,无法认出赶来探望的儿子。在那里,廖汉新不仅吃了顿饭,还睡了一觉。楚告诉众人说,廖汉新是他同父异母的兄弟。他自己却没提任何问题。

第二天早上分别时,廖汉新笑着问他说:"你为什么肯收留我?"

楚答道:"我注意到,你跟我们是同类人,而且有人跟踪你。"

廖汉新说:"你为我们做了好事,我们不会忘记你的。"

接下来,他去了五平村。一路上,他时而走路,时而搭车,来到了之前被告知的铁匠铺。灵巧的铁匠铺主人很快明白了他的来由,熏黑的脸上发出忠诚的光芒。由于铁匠每周会去船上两次,他便同廖汉新商议将他作为助手一同带去。然后他可以借口需要一件工具而将廖从船中送往岛上,上了岛就可以到对岸去了。

廖汉新便留在作坊里帮忙。战争的火药味越来越浓了,仿佛所有的金属部件、所有的想法、所有的神经都集中到了一点。铁匠凭借他在船上的固定工作成了一名不可替代的侦察员。他的父亲也是铁匠,而他自己则是三兄弟中唯一一个会读书写字的,他甚至学过一点儿英语。船上的长官只知道他是个迟钝的手艺人。铁匠教了廖汉新一些技艺,这样他当助手的时

候就不会引起别人的不满了。他鼓励廖汉新抓紧时间，战事可能一触即发。

晚上，他们被小船送到舰艇上。离开岸边时，廖汉新的心怦怦直跳。他拖拖拽拽、敲敲打打，在碰撞和咒骂声中感到了一阵即将成功的喜悦。可他却必须再回去一次，因为船上的木工坚持要落在作坊里的那把工具，而不肯用铁匠想在岛上弄到的那把。一起回去时，铁匠在小船上训斥了廖汉新，因为他显得异常沮丧。他劝他说："心急吃不了热豆腐。"

铁匠认识一些在同一条船上卖菜的农民，这些人在小岛上有点儿菜地。第二次时他独自一人回到了岸边，廖汉新则和菜农们一起走了。这些农民的一部分亲人在一年前已经搬到了对岸。当时，苏区的地盘已经扩展到河边形成一角了。不过，后来在国民党军队的逼迫下，这一角又缩了回去。整个苏区都不断向南迁移，同它一起搬走的就有这些菜农的家人。他们在岛上时不时能收到些消息。一开始他们本打算随后也搬去的，可是自从军舰驻扎在这里后，一些人找到了挣钱的活儿，这个想法就搁浅了。他们很清楚这些军舰驻扎在这里的原因，它们不仅是要封锁对岸，还要阻止人们产生一些想法。农民们也并不愿有这种想法：他们通过卖蔬菜帮助了敌人。一名获得廖汉新信任的商贩对这些不明智的行为忧心忡忡。他只能和他的两个堂兄、一个弟弟毫无顾忌地交谈。其他人则声称，像他们这样的人在那边，会跟富有的地主一样被歧视。确实，除非他们能把自己的小块农田一起带去！那样的话他们也早就去南方了。

要想到对岸去，廖汉新必须弄到一个官方的凭证。年轻的农民找到一个朋友，这个朋友让廖汉新到他的染坊当助手。

那里整个村庄都干印染的活儿。家家户户门口都放着大圆木桶。巷子里到处挂着五颜六色的布料,甚至柳枝间也都是。水面上也是色彩斑斓,一块块四四方方的。在城里有两户从事布料生意人家的颜色和式样最为有名。印染工都互相吵嚷着,说政府整顿秩序可真是一件幸事啊。如果铺子都关了,那他们只能为纺织厂、而不是为王家和陆家染布了,那他们的工作乐趣和工钱都会大打折扣——毕竟没人能比王家和陆家更懂印染技术。三百年来,这个地方一直因它的红黄两色布料远近闻名。子子孙孙都是在红黄颜料的配料中长大的。

廖汉新获得了将货物运往城里的通行证。他要在那里寻找一位联络人。越接近目的地,检查就越严格。这座城市位于太湖口上。现在,船只都不允许驶离湖湾。而陆地上一会儿这条路被封,一会儿那条路被封。那些军官的车子一直在鸣笛。几乎用肉眼就能看到的太湖南岸已成了无人区,因为人们从那里就可以前往最近的红色根据地。

廖汉新躲避着一切陌生人的视线,制造出自己办完事后已经返回了的假象。此时他正步行前往一个姓岳的渔夫那里。这一路上所需的耐心仿佛同他整个行程所需要的一样多。当他见到岳的时候,立刻就意识到,自己可以信任他。

岳的茅屋里一条鱼也没有。他巴望着能弄到足够多的鱼拿到市场上去卖。岳的老婆既温柔又漂亮,让人无法看出她到底是孩子的母亲还是姐姐。岳默默地听廖汉新讲着,似乎很犹豫的样子。最终他说:"我早就想自己去了,现在我跟你一起走。"

他坐在桌边对妻子说:"今晚我和廖汉新一起离开这里。"

这话他以前经常说,每一次他老婆都面色惨白。不过他却从未狠心抛下她和儿子。这时他又说了一遍:"我今晚走定了。廖汉新要走,我同他一起。"

他老婆听出来,这次他是当真的。她问道:"你走了,我们怎么办?"

岳说:"你们随后跟来。"

他老婆走出屋去。他们听到树枝折断的声音。廖汉新将手放在岳的胳膊上,以防他跟出去。不过他老婆很快就自己回来了。她为岳准备了些行李。

夜里,她带着孩子一起送两个男人上了船。岳按照往常的时间将船划了出去。大儿子不明白为什么父亲突然向后推了他一把。岳先是在船里低语,随后便默默地划着桨。探照灯盘旋在湖面上。岳穿梭其间,试了一阵之后才明白如何躲开那些灯光。岳在禁行线前熄掉了船灯,他向廖汉新打了个手势,示意他要听从自己的吩咐。他们现在向一座小岛划去。说是个岛,其实只是遍布着灌木丛和芦苇的一小块儿泥地罢了。天渐渐露出鱼肚白,一道道探照灯光显得有些黯淡了。岳跳入水中,廖汉新跟在他后面,只见他镇定地游着,每游一下都像精心计算过一样。他们上了一个稍微大一些、长着几棵柳树的鸟岛。岳拿出一块红布。自从他开始考虑是否能实施自己的决定后,他就把这块布放在自己的衣服里随身带着。现在,他每隔很短的一段时间就让这块布随风飘扬一阵,仿佛他那艰难的决定让他有资格寻求支援。他知道,对岸红色根据地的人会跟敌人一样密切注意这个地方,细心寻找同道中人。廖汉新想:要是自己早就没耐心了。不过,岳还是日复一日地在固定时间挂起他的红布。廖汉新不知道这已是第几个晚上。呼吸仿佛已停滞了，北岸来的快艇极其频繁而密集地从岛边飞驰而过。随后，一只小船躲过了探照灯光，划进了他们所处小岛的芦苇中。

上岸后，营救人员告诉他们，很早就有人注意到了他们，然后便小心翼翼地着手准备了。岳阴沉着脸一句话不说，他仍沉浸在离别的痛苦之中。廖汉新却高兴得像个孩子一样。树木俨然是欢迎他到来的旗帜，真正的旗帜和标语绽放在土地之上。

他被带到了南方委员会所在的屋里。冯委员看起来就像一位身材矮小而机智灵敏的农民。他的眼神中不时地透露出一股之前明哲深赞赏有加的韧性。他对廖汉新表示欢迎，然后说："你能最终成功到达这里，真是万幸啊。最近几个月，我们厄运连连，来往就没有顺畅过。我们完全被封锁了，所有联系通道都被切断了。"

廖汉新想说一下他这次来的原因，可冯没让他说话。他很快接着刚才的话说了下去：

我们试尽一切办法，想给你们送个信告诉你们：当初派我来时让我带来的纲要，在经过一段时间后暴露出许多不足之处，不再适应这个地区的形势了——不，等一下，让我先说完。

为了跟你们联系上，我们用尽了一切法子，甚至不惜失去生命。我们不想未经你们同意就擅自修改纲要。但是对我们来说，继续等待对工作十分不利，所以我们还是决定自担责任。我们改了以下几点……

廖汉新动了动身子。冯并未让他再次打断自己,继续说着:

关于土地分配,中农……

廖汉新一动不动,他紧张而安静地听着。新纲要同明哲深告诉他的句句相符。他竟在此次行程的终点发现了他历经千辛万苦要带来的东西。他说:"你不必再派人到北方请求批准了。"

看到他的客人确定了新纲要,冯不禁用他的方式哈哈大笑起来。

(徐蔚 译)

脚 夫[①]

一天早晨,脚夫出门帮人搬家。他随身带了些绳子。这是他唯一的工具。他先将柜子扛到自己背上,再将箱子垒到柜子上,然后将桌子放到箱子上,最后将椅子堆到桌子上。那样子活像一条狗背着一幢房子一般。他就这样走过一条条街,却没有任何人注意到他,因为人们对此都习以为常了。

当时正值雨季。一条狗偷了块肉,从肉铺里跳了出来,后面是拿着大棍子追赶它的屠夫。这狗一下跳到了脚夫胯下,脚夫因此跌倒在狗身上,他背的东西则压在了他俩的身上。人们都停了下来,惊慌地看着这一切。没有人知道该做些什么。这时来了另外两个脚夫,他们剪断了那脚夫唯一的工具——绳子。可一切都还是太晚了。

一人遂感慨道:"唉,这可怜的家伙啊!"第二个人也感慨道:"唉,他可怜的老婆啊!"第三个人则感慨道:"唉,他可怜的孩子们啊!"第四个人却说:"他早该留心些!"第五个人叹道:"这雨季啊!"只是没有一个人问道:"他为什么非得背这么重的东西呢?"

(张帆 译)

[①] 该文原为胡兰畦作,安娜·西格斯译。——译者注

来自成都的兰畦①

兰畦用英语讲述道:

我父亲在一座小城里开了一家小伞铺。我的母亲还曾经裹过脚,但到我姐姐的时候已经不那么做了。

有一次,我和姐姐一起去河边。脚夫们正在把家具从船搭靠在岸边的跳板上背进新房子里。这些家具是一位姓岳的先生的,他坐船从河下游的一座城市搬到我们这里。大家都在议论这件事,上下打量着那些既漂亮又新奇的家具。在我们这里是见不到这些东西的。

一个脚夫背上背着一个柜子,柜子上面绑着五斗橱,再上面叠着一张桌子和几把交叉相错的椅子。

下雨了。地面又湿又滑。这时,从一家店里冲出一条狗,穿过街道。脚夫被吓得两腿一软,滑倒在地上。那些家具像一座山一样压在了他和那条狗的身上。

人们都挤了过来,围着他们。一个刚从跳板那边过来的脚夫把自己的东西放下,用刀割断了捆家具的麻绳。狗被压得够

---

① 该文是安娜·西格斯根据胡兰畦的《脚夫》改编而成,据推测,原文标题"Lan-Si aus She-Lu"中的人名 Lan-Si 为胡兰畦,地名 She-Lu 为胡兰畦的出生地成都。——译者注

呛,那男人已奄奄一息了。他们把他抬走了。

有人说:"可怜的人。"

另一个人说:"他可怜的老婆和孩子们。"

第三个人说:"这鬼天气。"

下一个人说:"地上又湿又滑。"

又一个人说:"他本该当心点儿的。"

但是没有人问:"他为什么非得背那么重的东西呢?"

后来我问姐姐。

"这问题真蠢,"她回答,"为了买米。"

她的答案让我无法平静。我从未停止过追问。

(张帆 译)

纪念菲利普·舍弗勒

人们如今常看到或者听到有关于菲利普·舍弗勒的故事，——关于他的英勇果敢、坚定不移以及他两次被逮捕和最终被斩首的结局。菲利普·舍弗勒是位汉学家并且也是舒尔茨-博依森①团体中的一员。

一位法国作家曾这样写道：如果你们想要描写英雄的生活，那就不能遗漏那些与众不同且让人快乐的事情，这样我们这些平常人才能更好地走进他们的内心世界。

舍弗勒与我相识于海德堡大学的汉学系。他学习东亚语言的天赋常常令我惊叹不已；我当时学的刚好是东亚的艺术史，我相信，我能很快学会并辨认出那些中国古老雕塑上的碑文。就这样我们成了大学学友。

第一次世界大战后，德国被敌军占领，通货膨胀严重。食堂里每个人的饭菜都量少质差。家里面寄来的钱，虽然面值达到数百万②，但我们收到时已一文不值。而舍弗勒却没有能够

---

① 哈罗·舒尔茨-博依森是一名德国空军军官，他反对德国纳粹政权，在他周围团结了一批志同道合之人，菲利普·舍弗勒是其中之一。——译者注

② 1920年中，1美元约合40马克，到了1923年7月，已突破百万大关。——译者注

给他寄东西的家人。他的父亲曾经是帝国军官，后来在圣彼得堡经商，战时被拘留在了俄国。舍弗勒为了支撑自己的语言研究，去了采石场工作。每到节日前他都会把伤痕累累的双手泡在热肥皂水里面长达数小时。但他对过节总是兴致勃勃，永远那么沉着，那么情绪饱满。

当舍弗勒半是喃喃自语、半是对着我用中文念道"甚矣吾衰也！久矣吾不复梦见周公！"时，我能辨认出他声音中波罗的海人的语调。"这句话据说是孔老夫子走到生命尽头时说的一句话。"他还告诉我："周王朝是一个灵感迸发的时代。"

舍弗勒和我并不认同孔子以及封建主义的治国理念，我们赞同的是老子。我们相信我们能理解他所说的"道"以及其准则——"无为而治"。如果有原文的话，它的内容应该是晦涩的，但是译文更显晦涩。而这种晦涩已然通过我的理解，或者更确切地说是通过舍弗勒的领悟变得明朗了。在汉学系，大家从来没有谈论过当代中国。有关孙中山和他的三民主义的知识我们可以自己学习掌握。报纸上关于中国的消息往往也只是一些只言片语，主要是对当时军阀夺权的报道，因为当时的报纸充斥着20年代初发生在欧洲和德国的事情。我们当时的汉学老师在义和团运动期间曾经作为殖民地长官在中国待过一段时间，我认为他应该就是在那个时间学习的中文。他还在我们系挂了一幅嘲讽埃茨贝格尔的漫画，下面配有中文。舍弗勒给我翻译道："昨天还在掠夺人民的强盗，今天就变成了部长。"

舍弗勒当时饱受饥饿折磨，我就把他送到了我父母家，好让他能填饱肚子。晚上舍弗勒在我父母的住所里给他们讲述了

许许多多个关于他自己的故事,有的是他旅行时的所见所闻,有的是关于他工作上的事情,他之前还当过见习水手。有一次我们家的女仆边跑边喊着说:"他全身都布满了纹身!"

在此期间,我在科隆当地的东亚博物馆学习。科隆当时被英国人占领,人们很难找到住所。所以我不论找到什么样的房间都只能接受,即使它阴暗潮湿、肮脏无比。有一次我写信告诉舍弗勒:我在这里感到害怕。一天,他毫无征兆地出现在我面前,手里还拿着一把从朋友那里借来的手枪。事实上我当时既没有受到强盗、也没有受到士兵的威胁——而是房间里爬满了老鼠。"那就用不着手枪啦,应该用甘菊和锯末塞住老鼠洞,老鼠非常讨厌这些东西。"即便是这些事情,舍弗勒处理起来也游刃有余。

当时的我们无忧无虑,开诚布公。我们是多么乐意让自己高兴起来。即使时局动荡、困难重重,我们也总是能找到快乐的源泉。

舍弗勒在棉纸上用俊秀的中文字给我抄写了我最喜欢的故事"画壁",来庆祝我取得博士学位。这篇故事摘自一部古老的中文作品集《聊斋志异》(在"聊斋"中记录的奇异故事)。顾名思义,这些故事,讲述的其实是孔子不曾谈论的事情,因为孔子不语怪力乱神,而《聊斋志异》讲述的恰恰就是奇闻异事。

在学习期间我很快就熟识了一批流亡者,这些人因为在自己的国家遭到血腥的镇压和迫害不得不结束他们的学业。正是通过他们,我才得以目睹政治的进程以及阶级斗争。

舍弗勒和我、还有我们的家人一起搬到了柏林。那时我和他偶尔见面，但是我已经记不得他的公寓了，更不记得他什么时候谋得了图书馆管理员的职位。当时的失业就像瘟疫一样，冲锋队和党卫军曾一度被禁，但是不久后那些穿着褐色和黑色制服的败类又再度出现在了民众当中。国会失火和季米特罗夫的演讲也意味着希特勒的上台和纳粹开始掌权。

在动荡的时代人们无法预知，每次相聚之后是否还有下一次，所以我离别时也没有和舍弗勒道别。

在流亡的时候我曾经收到一封来自卢考监狱神父的信。他希望我能给他寄一本中文词典，这本词典可以慰藉被关押者舍弗勒，减少他的痛苦。当时舍弗勒因为筹划谋反而被判处五年。

从那之后我再没有收到任何消息，不管是来自神父还是舍弗勒。几经辗转后，我们回到了墨西哥。在战争将要结束时我回到了柏林，那时我笃定，能够很快找到舍弗勒。某种确定性在引领我，舍弗勒会在这个满目疮痍的城市、神经错乱的人群中和我站在一起。但是很快，我意识到这种确定性毫无意义。我寻不到任何他的踪迹。

偶然一次，君特·威森博恩[①]给我讲述了关于对以舒尔茨–博依森、哈纳克[②]为首的团体的审判。我试探性地问起了菲利普·舍弗勒。直到那时，我才获悉，他已经被纳粹斩首。

谢尔教授[③]当时关押在他的隔壁，可以偶尔通过管道和他

[①] 此人为安娜·西格斯的朋友。——译者注
[②] 哈纳克跟舒尔茨–博依森观点相似，也反对纳粹政权，在他周围也团结了一批相同政见的人。——译者注
[③] 此人为安娜·西格斯的朋友。——译者注

交谈。他告诉我,舍弗勒从始至终都镇定自如,毫不畏惧。

我不知道,他是否在监狱的牢房里也回想起过我在此提及的一些往事。

(牛金格 译)

后 记
——安娜·西格斯在中国的译介

早在20世纪40年代,安娜·西格斯作为德国最重要的作家之一就已被译介到中国。如今,经由几代译者和学人长达70余年的努力耕耘,西格斯的重要作品大多已被汉译出版,她的美学思想和创作理念也渐次得以阐释和传播。

1941年,张芝联在《西洋文学》(第10期)发表了一篇题为《德国流亡文学》的译文,文中介绍了西格斯的《人头税》《解脱》等反法西斯作品,这是安娜·西格斯与中国读者的首次见面。而真正意义上的作品译介则肇始于1943年,著名作家徐迟翻译了《第七个十字架》的第三章,并以《两逃犯》为题部分刊发在茅盾主编《文阵新辑》(第1辑)中的《去国》一书中,徐迟在前言中把西格斯誉为"20世纪的莎士比亚"。[①] 1944年,桂林学艺出版社出版了由徐迟翻译的《第七个十字架》全译本,中文名为《第七名逃犯》,这是西格斯作品在中国的首个单行本,在抗日救国大背景下迅速激起了广大中国读者的阅读热情,徐迟亦被视为中国西格斯翻译第一人,

---

① 安娜·西格斯:《两逃犯》,徐迟译,载《文阵新辑》1943年第1辑,第81—82页。

开启了西格斯在中国的译介。

1949年中华人民共和国成立,安娜·西格斯作为斯大林国际和平奖和民主德国国家奖得主受到中国政府、文化机构和读者青睐。1951年9月,西格斯随民主德国官方代表团考察中国,受邀参加中华人民共和国成立两周年国庆典礼,《人民日报》以"杰出的国际和平战士"对她进行多次报道,其作品译介也随之迎来高潮。10月,《文艺报》(第1期)刊登冯至的散文《安娜·西格斯印象》[1],提及西格斯得知《第七个十字架》中译本即将出版,坦言"这样可以补偿她心里常常感到的一种缺陷。因为她在许多年前就听说她的作品里译成中文的只有她青年时期写的一部最幼稚、自己最不满意的作品,这部作品并不能代表她"[2],并告知徐迟,"她现在正在计划着一部长篇小说,在这篇小说里要写到中国的工人,她很想深一层了解中国某些工厂在1949年后与1949年前不同的情形,尤其是关于工人工作热情与生活改变的实况"。[3]冯至对西格斯的印象极佳:"她20多年以来不只是一个共产主义英勇的战士,而且也是中国人民的好朋友。"[4]安娜·西格斯也在1951年9月26日的日记中简短提及了这次相遇。

1952年3月27日,《大公报》刊登《安娜·西格斯》的文章,介绍西格斯的《圣巴尔巴拉渔民的起义》《战友们》等新作,称赞西格斯不仅是一个勇敢的作家,也是一位富有激情的

---

[1] 此文亦被收录在《冯至选集》第二卷(1985)和《山水斜阳》(1999)。
[2] 冯至:《冯至选集》第二卷,四川文艺出版社,1985年,第244页。
[3] 同上,第248页。
[4] 同上,第249页。

和平卫士。同年,《保卫和平》(第2期)刊登了西格斯"尚未出版、甚至尚未完成的小说"①节译《从废墟里再生》,"第二次世界大战末,城市里有瓦砾堆……把瓦砾堆变成房屋和街道是一件困难的工作。可是,把受了毒害、迷入歧途的青年变成思想健康、善良和有理性的人,却更困难得多。这两件工作时常是紧密地联系着的……这部小说所谈的就是一个青年思想转变的过程。他虽然遭遇很多危机,有很多弱点,听到很多谣言,可是通过思想的冲突和矛盾,终于得到了改造"。②该节译选自西格斯的小说《一个人和他的名字》。

1952年,叶君健从英文转译小说《渔民的起义》单行本出版,"这群渔人在渔船公司的垄断资本下被压得喘不过气来。正义感和饥饿要求他们起来斗争……但是表现了被压迫人们的力量。这是一本极有力量的作品。"③在《译者前记》中译者回忆了与西格斯的会面:"在开会(第一届知识分子保卫和平大会)期间,我天天看到西格斯,同时还住在同一个旅馆里面……有好几次出去参观,我们也被分派到一个组里面。西格斯是一个不大喜欢讲话的人,在表面上看起来,正如她作品里面的人物一样,显得平凡的很。但大家都知道她是一个伟大的作家,心里蕴藏着比火还热烈的感情。"④叶君健在《安娜·西格斯》一文中表达了对西格斯作品的喜爱:"我对她的兴趣却早从30年代就开始……她那时的作品带有浓厚的表现主义色

---

① 安娜·西格斯:《从废墟里再生》,译者未知,载《保卫和平》1952年第2期,第77页。
② 同上,第77—78页。
③ 安娜·西格斯:《渔民的起义》,叶君健译,平明出版社,1952年,第1页。
④ 同上,第4页。

彩,充满了'力'和'激情',句子简短,节奏鲜明,我非常喜爱……她的作品所以引起我的兴趣的,是她对于垄断资本和地主阶级的控诉及对矿工和农民的同情。"① 因此,决意"把她(西格斯)的作品及其艺术表现手法介绍一点到中国来,供我们的作家和读者们欣赏、参考。但当时中国还没有完全解放,英国当局把中国列为'战区',邮路不畅,很难与国内的出版界联系。只是到了1949年年底我回国后,国内秩序已经恢复,出版业又重新开始,我才动手译她的作品。"《渔民的起义》"用镇静、直率、强有力的笔调描写一个渔村的居民在垄断资本压迫下所经受的苦难和精神压抑"。② 尽管译者试图忠实地再现原文内容,但"根据颇为生硬的英文'直译'本重译出来的东西,我想一定会失去很多原作的精神"。③ 译文虽有缺憾,但因其内容的真实性和时效性仍在中国广受欢迎,同年2月既已再版。

安娜·西格斯的作品迅速成为中国无产阶级革命文学的范本,仅在1953年,就有四部作品在中国翻译出版。短篇小说集《怠工者》(包含《怠工者》和《避难所》)由商章孙、杨绍戳和叶逢植翻译,并转译俄语评论文章《安娜·西格斯小说中的现实主义》作为代译序,由文化工作社出版。小说《委员的女儿》从英语转译,由大华出版社出版,译者方明在前言中指出,西格斯把主人公的心理变化描写得形象生动,但在叙事中有些跳跃。因此,为了让中国读者更好地理解小说内

---

① 叶君健:《叶君健文集》,浙江文艺出版社,2001年,第168—169页。
② 同上,第169页。
③ 同上,第4页。

容，译者根据自己的理解在译文中补充了缺失的内容。[①]西格斯的代表作《第七个十字架》由林疑今和张威廉重译，文化工作社出版。1953年年底，廖尚果译《一个人和他的名字》中文单行本出版。"在这部作品里，安娜·西格斯以一个胆大心细的女艺术家的风度，选择了这样一个非常复杂的题材……安娜·西格斯写作上特别成功的地方，是用最精简的词，表达最丰富、最实在的内容。"[②]"把对立的两个世界描写得非常精彩"[③]，而"自始至终，不肯虚费一个字，任何一桩琐碎的事情，都在作品里面占据了一个不可动摇的地位，同时又具备着十分丰富的、十分深刻的内容。但是这样一种惜墨如金的、十分精简的写作作风，亦有它的害处。因为有时精简得太过火了，令人觉得只接触到零零碎碎的片段，全部的思想线索却没有得到全面的发挥。里面的许多人物——尤其是那些积极分子——往往只三言两语，便把他们交代完结，好像作者是有意只大略示意。人们期待着作者指示他们一幅五光十色的油画，但是人们只看到一张寥寥几笔的草图。所以人们对于民主德国新的现实，只能够得到一个简略的认识。凡作者在这部作品里面所叙述的，都极为精彩、重要而新奇，在德国文学里面几乎还未曾有人这样照耀过"。[④]

1954年，西格斯在结束中国之行后写就的短篇小说集《第一步》（包括24篇）中译本出版，以纪实的形式讲述了世界

---

① 安娜·西格斯:《委员的女儿》，方明译，大华出版社，1953年，第5页。
② 安娜·西格斯:《一个人和他的名字》，廖尚果译，文化生活出版社，1953年，第 x 页。
③ 同上，第 v 页。
④ 同上，第 vii-viii 页。

各国的抗战史和不同的处境。译者微庐（张威廉的笔名）在序中写道："这是一部以极简短的篇幅、极平易的语言而包涵极广泛的内容，解决极复杂的问题的作品。"① "希望这一部小小的译本，在发展保卫和平的力量上面也能有一点相当的贡献。"② 1955年，陆章重译《第一步》，由作家出版社出版。两年之内，一部小说出现了两个译本，中国读者和译者对西格斯的热情显露无遗。长篇小说《死者青春长在》（附译俄文版小说序言）也于1954年汉译出版，译者庄瑞源在后记中评论道："她特别关怀中国的革命，她在许多作品中都提起中国的革命故事，在这本书里她写了我们革命的反'围剿'斗争，写了德国军官受雇于蒋介石来屠杀中国人民。"③ 三年后，新文艺出版社推出新版，再次证明了西格斯译介的热度。1954年，《保卫和平》（第5期）刊登了题为《罗勃与莉莎》的小说节译，出自"德国著名女作家安娜·西格斯最近在柏林完成的一部作品中的片段"。④ "她又描写了德国的今天和明天。在废墟上兴起的一个大城市的夜色中，一对青年男女，罗勃和莉莎在行进，互相探索情意，但是还都不能从过去的阴影中解脱出来。"⑤

1955年，《安娜·西格斯短篇小说集》由季羡林等翻译出版，包括《怠工的人们》《柯莉散塔》《末路》《合理的分配》

---

① 安娜·西格斯:《第一步》，微庐译，文化生活出版社，1954年，第 i 页。
② 同上，第 vii 页。
③ 安娜·西格斯:《死者青春长在》，庄瑞源译，上海文艺联合出版社，1954年，第781页。
④ 安娜·西格斯:《罗勃和莉莎》，载《保卫和平》1954年第5期，第59页。
⑤ 同上。

和《代表的女儿》五篇小说译文。[1] 西格斯专门为该书作序："亲爱的中国朋友们！在这里，季羡林把我用我的语言写成的三个故事用你们的语言说给你们。故事的背景完全不同。里面的人完全不同。但是我仍然希望这些故事你们都能了解。因为有一点是共同的：对更美好的生活的向往，与人民大众的紧密结合。"[2] 季羡林在《关于本书作者》的序言中写道："高尔基说过，先进的艺术认为生活是行动，生活的目的是把地球变成生活在一个大家庭里的美丽的、人类的住宅。安娜·西格斯的创作生活就是走着高尔基所说的道路……体现了各国人民争取和平与幸福的意志。"[3] 季羡林亦在《我和外国文学》中回忆道："解放初期，我翻译了德国女小说家安娜·西格斯的短篇小说。西格斯的小说，我非常喜欢。她以女性特有的异常细致的笔触，描绘反法西斯的斗争，实在是优秀的短篇小说家。"[4]

1956年，常风、赵全章、赵荣普再次根据英译本转译了《第七个十字架》，由作家出版社出版。1957年，中国重要的文学翻译杂志《译文》（第5期）登载了西格斯的短篇小说《已故少女们的郊游》，该译文后被收录于《现代世界短篇小说选》（1981）和《世界文学精粹》（1993），堪称精品。张佩芬在译后记中写道："西格斯不喜欢在作品里写自己，这篇小说是她唯一具有自传色彩的小说，女作家把深沉浓郁的爱国爱家

---

[1] 其中《怠工的人们》《柯莉散塔》《末路》由季羡林翻译。
[2] 季羡林：《安娜·西格斯短篇小说集》，作家出版社，1955年，第1页。
[3] 同上，第1页，第5页。
[4] 季羡林：《季羡林自传》，江苏文艺出版社，1996年，第275页。

之情很自然地溶入了由现实、幻景和回忆组成的艺术童话之中。"[①] 该小说还由劳人重译，收录《害怕爱情——蓝袜子丛书（德语国家卷）》(1995)。[②] 1957年，杜美译《拖拉机手》辑录于新文艺出版社《德国现代短篇小说集》。1959年，人民文学出版社出版《民主德国作家短篇小说集》，收录了西格斯的《玛格莱特·沃尔夫的四十年》（张玉珍译）、《面包和盐》（安书祉译）和《避难所》（胡君萱译）。

此外，20世纪50年代，西格斯在世界和平大会与德国作家大会上所做的大量演讲、讲话和随笔被译成中文。其中有两篇文章值得注意：一篇是《纪念"在延安文艺座谈会上的讲话"发表十周年》（1952年5月23日发表于《人民日报》），西格斯高度评价了这篇讲话对社会主义人民文学发展的重要意义。1957年，《文艺报》（第16期）节选刊登了西格斯为《在延安文艺座谈会上的讲话》德文版所写的后记。

六七十年代，由于国内"文化大革命"对外国文学，特别是翻译文学的拒斥；国际上中苏交恶，中国和民主德国的关系中断达15年之久，安娜·西格斯淡出中国读者视线。改革开放后，安娜·西格斯的小说再次登陆中国译坛。新作《海地三女性》[③] 中译本在《外国文学》（1982年第5期）上发表。1983年，高中甫译《芦苇管》在《世界文学》（第1期）发表。《世界文学》（第4期）和《国外社会科学》（第10期）等杂志刊登

---

① 安娜·西格斯：《已故少女们的郊游》，张佩芬译，载《世界文学精粹》，李文俊主编，浙江文艺出版社，1993年，第608页。

② 劳人、宁瑛：《害怕爱情——蓝袜子丛书（德语国家卷）》，石家庄：河北教育出版社，1995年。

③ 三年后，马君玉重译了这部小说，并被收录在短篇小说集《玫瑰之歌》。

了安娜·西格斯逝世的消息，继而引发了一场全国范围内的翻译热潮。宁瑛译《接头地点》[①]（1983）、施种译《阿迦特·施魏格尔特》[②]（1984）等发表；《外国文艺》（1984年第6期）为纪念西格斯逝世一周年，推出《安娜·西格斯小说选》，包括三篇短篇小说《真正的蓝色》《预言者》和《决斗》以及一篇访谈录《安娜·西格斯谈创作》，称赞西格斯为"民主德国文学的奠基者和代表人物之一……以她的艺术才能来表达'许多人的感情和经验'"。[③]1985年，韩世钟译《重逢》刊登在《译文丛刊》，戴虹译《避难所》收于《国际笔会作品集》。1986年，叶逢植翻译《绞架上的光芒》刊载于《当代外国文学》（第4期）。1988年，孙瑾译《苏茜》刊于《中外文学》（第6期）；1990年，卢永华重译《芦苇管》。蔡鸿君译《鸽子》收录在《外国散文名篇赏析》和《经典作家散文随笔传世作》，"《鸽子》摘译自《大陆上空的白鸽》，这是作者1949年在法国巴黎参加世界和平大会期间写下的长篇随笔。西格斯以抒情的笔触，讴歌了人们对和平的渴望，抒发了对美好未来的向往。"[④]

除小说外，20世纪80年代，中国学者翻译了西格斯有关文学创作和美学思想的随笔和文章，在散文《艺术的任务》中，西格斯探讨现实主义的问题，强调艺术、政治和生活不可分

[①] 安娜·西格斯:《接头地点》，宁瑛译，载《德语国家中短篇小说选》，张玉书编选，中国青年出版社，1983年。

[②] 安娜·西格斯:《阿迦特·施魏格尔特》，施种译，载《国际笔会作品集》，上海译文出版社，1984年。这篇译文之后又被收录进《诺拉·S.档案 当代德语国家短篇小说选》。

[③] 王佩莉等译:《安娜·西格斯小说选》，载《外国文艺》1984年第6期，第3页。

[④] 安娜·西格斯:《鸽子》，蔡鸿君译，载《外国散文名篇赏析》，李文俊主编，中国青年出版社，1993年，第113页。

割。《生活——真实的源泉》刊登在由孙美玲主编的《肖洛霍夫研究》(1982)一书中。柳莹节译西格斯访谈录《幻想与现实》,刊于《外国文学报道》(1986年第5期)。《欧美作家论列夫·托尔斯泰》刊发西格斯的《托尔斯泰》和《从不同观点来看的托尔斯泰》[1],"西格斯谈自己在不同处境和心情下读托尔斯泰创作所体验的不同感受,有助于我们一般地理解文学上共鸣的原因。"[2]《安娜·西格斯与格奥尔格·卢卡契的通信》[3]和《安·西格斯和格·卢卡契讨论现实主义问题的四封信》[4] 被视为现实主义的历史记录和重要研究文献。这些文章的译介使中国读者进一步了解西格斯的美学思想。

2000年是安娜·西格斯百年诞辰,中德两国都举办了相关纪念活动。北京大学、中国社会科学院、人民文学出版社等联合举行纪念安娜·西格斯诞生100周年学术讨论会,叶廷芳、张玉书、李昌珂、严宝瑜、张黎、杜文棠等中国著名日耳曼学者致辞,《人民日报(海外版)》《光明日报》《中国文化报》《文艺报》等媒体相继报道。西格斯被誉为中国知识分子的楷模,是一位不屈服于命运、为自由不懈奋斗的女作家,她高尚的品格尤为国内学界称颂。

---

[1] 安娜·西格斯:《托尔斯泰》(高中甫译)、《从不同观点来看的托尔斯泰》(吴眉译),载《欧美作家论列夫·托尔斯泰》,陈桑编选,中国社会科学出版社,1983年。

[2] 陈桑:《前言》,载《欧美作家论列夫·托尔斯泰》,陈桑编选,中国社会科学出版社,1983年,第8页。

[3] 安娜·西格斯:《安娜·西格斯与格奥尔格·卢卡契的通信》,安书祉译,载《外国美学》第二辑,商务印书馆,1986年。

[4] 安娜·西格斯:《安娜·西格斯和格·卢卡契讨论现实主义问题的四封信》,吴雅丽译,载《马克思主义文艺理论研究》第6卷,陆梅林、程代熙主编,文化艺术出版社,1986年。

以纪念安娜·西格斯百年诞辰为契机,西格斯作品译介再掀高潮。其中,尤为值得指出的是,李士勋重译《第七个十字架》,是该小说在中国的第四个译本,由外国文学出版社出版。"德国重新统一之后,'安娜·西格斯协会'于1991年10月5日在柏林宣布成立……可以说现在德国人正重新阅读安娜·西格斯!这里说'重读西格斯'有双重乃至多重含义,因为30年代她的作品曾经被禁止,有的作品战后才允许在德国出版……德国的分裂,使战后出生的年轻一代根本就不知道安娜·西格斯或者知之甚少。对那些已不年轻的人来说,重读西格斯像新的发现。西格斯逝世和德国重新统一以后,她的作品和人格的魅力与日俱增。"[1] 就此而言,翻译和研究这位20世纪重要德语女作家是必要的,也是值得的,该译著被视为中国学者向西格斯百年诞辰献上的最好贺礼,标志着西格斯译介进入了新的阶段。李士勋在译者前言中强调:"今天,无论在德国还是在世界上,《第七个十字架》的现实意义都不减当年。"[2] 1980年至2000年间,《第七个十字架》一再被不同译者以节选形式翻译,并被收录在各种名著集或丛书中,便是明证。

《外国文艺》(2000年第5期)为纪念西格斯诞辰推出《西格斯作品选:纪念安娜·西格斯诞辰100周年》,翻译了四篇短篇小说:《已故少女们的郊游》《一个流亡部落的回归》《阿加特·施威格特》《玛嘉蕾特的四十年》和杂文《通往其他民

---

[1] 安娜·西格斯:《第七个十字架》,李士勋译,外国文学出版社,1999年,第4页。

[2] 同上,第8页。

族的文化桥梁》。"在民主德国,她社会地位和政治地位的崇高,并没有过多地妨碍她文学地位的崇高,这甚至可说是一个奇迹……在世界文学史中,她和英国的爱米丽·勃朗特与维吉尼娅·伍尔夫,和法国的西蒙·德·波伏瓦,和挪威的西格丽特·乌塞特属于同一级别的女作家。马克思主义的文学批评家曾将她说成是'文学的神话',如果榨掉意识形态的水分,我们看到的仍然是一个为真理、为人道、为信仰、为希望而写作的光彩夺目的作家。"[①]

柏林建设出版社在西格斯百年诞辰之际出版了作家尘封了75年之久的"遗弃之作"——《扬斯必死》单行本,引起文坛轰动。故事讲述了一个贫困工人家庭由于孩子突然得病而命运改变的故事,从中可以领略到西格斯早期作品的另一副面孔,更好地理解她后期作为无产阶级革命作家的创作。该小说由张帆翻译,刊登在《德国文学与文学批评》2009年第三卷。此外,华宗德重译《预言者》[②]、《两座纪念碑》被《德语国家经典散文》[③]收录。宁瑛译《旅途相遇》,收录于《外国现代派作品选(D卷)》(2016),译者指出,这篇小说为中国读者打开了一个新的世界,即精神世界;女作家采用虚构幻想的手法,让不同时期的三位著名作家霍夫曼、果戈理和卡夫卡在布拉格一个咖啡馆相遇;她把诗学与更广泛意义上的现实主义观念结合起来,在这种观念里,想象、梦幻和无意识都有着无可

[①] 袁志英:《西格斯作品选:纪念安娜·西格斯诞辰100周年》,载《外国文艺》2000年第5期,第3页,第6页。

[②] 安娜·西格斯:《预言者》,华宗德译,载《外国短篇小说百年精华 上》,人民文学出版社,2003年。

[③] 叶廷芳、李伯杰:《德语国家经典散文》,上海文艺出版社,2005年。

争辩的地位。《德国文学与文学批评》2010年第四卷接连推出两篇新的译作《栖息地》和《阿尔戈号》。

1943年至今的70多年间,安娜·西格斯在中国共有13部小说中译本出版和45篇译文发表,是名副其实的最受欢迎的德国作家之一,对中国文坛产生着持久深刻的影响。